FaB.

COLLECTION FOLIO

Rabindranath Tagore

Aux bords du Gange

et autres nouvelles

Traduit de l'anglais (Inde)
par Hélène du Pasquier

Gallimard

Ces nouvelles sont extraites du recueil *Mashi*
(Connaissance de l'Orient, Série indienne).

Quatorzième enfant d'une famille bengalie profondément religieuse, Rabindranath Tagore est né à Calcutta en 1861. Rebelle aux études classiques, il est toutefois envoyé en Angleterre de 1878 à 1880 sous prétexte d'apprendre le droit. Le récit de ce séjour fut publié dans un journal fondé par deux de ses frères. De retour en Inde, il entreprend alors d'écrire des poèmes et des drames musicaux. En 1883, année de la parution de son recueil *Chants de l'aurore*, il épouse une jeune fille de sa caste. Puis il obéit au souhait de son père et part administrer la propriété familiale de Santiniketan, tâche dont il s'acquitte avec succès. C'est dans ces terres qu'il puise sa finesse d'observation des caractères et des habitudes du peuple des campagnes. Rêvant d'harmonie entre les hommes, il y fonde en 1901 une école, et publie en 1904 un essai politique en faveur de l'indépendance de l'Inde. La mort lui ravit, à des intervalles rapprochés, sa femme et plusieurs de ses enfants. En 1910, paraît *L'offrande lyrique*, traduit en français par André Gide. Ce recueil de poèmes connaît un succès mondial. Il effectue un nouveau voyage en Angleterre et aux États-Unis, et reçoit le prix Nobel de littérature, décerné pour la première fois à un non-Européen. Devenu célèbre, il voyage à travers le monde pendant de longues années et prononce d'innombrables conférences. Il fonde en 1921 l'université internationale Viçva Bharati à Santiniketan. À la fin de sa vie, il soutient Gandhi dans sa lutte. Il meurt en 1941 en laissant une œuvre d'une grande diversité et d'une incroyable richesse : recueils de poèmes (*Le jardinier d'amour, La fugitive*), recueils de nouvelles (*Le vagabond, Mashi*), romans (*Le naufrage*), théâtre (*Amal et la lettre au roi*), Mémoires (*Souvenirs d'enfance* et *Souvenirs*)...

À la fois poète et maître spirituel, Rabindranath Tagore a su allier la tradition indienne et la modernité occidentale pour donner une œuvre généreuse et puissamment évocatrice.

Lisez ou relisez les livres de Rabindranath Tagore :

L'OFFRANDE LYRIQUE suivi de LA CORBEILLE DE FRUITS (Poésie/Gallimard n° 70)

LE JARDINIER D'AMOUR suivi de LA JEUNE LUNE (Poésie/Gallimard n° 134)

SOUVENIRS D'ENFANCE (L'Imaginaire n° 153)

LA FUGITIVE suivi de POÈMES DE KABIR (Connaissance de l'Orient, série indienne, n° 45)

MASHI (Connaissance de l'Orient, série indienne, n° 50 et L'Imaginaire n° 626)

SOUVENIRS (Connaissance de l'Orient, série indienne, n° 54)

LE VAGABOND *et autres histoires* (L'Imaginaire n° 461)

LE NAUFRAGE (L'Imaginaire n° 467)

LA PETITE MARIÉE suivi de NUAGE ET SOLEIL (Folio 2 € n° 4046)

LE SQUELETTE

Dans la chambre qui avoisinait notre dortoir d'enfants, pendait un squelette. La nuit, ses os cliquetaient sous le jeu de la brise. Le jour, nous nous plaisions à les entrechoquer. C'était le temps où un étudiant de l'école de médecine de Campbell nous enseignait l'ostéologie, car nos tuteurs prétendaient nous inculquer la science universelle. Dans quelle mesure ont-ils réussi ? Point n'est besoin de le dire à ceux qui nous connaissent, et mieux vaut sans doute le taire à ceux qui nous ignorent.

Bien des années ont passé depuis lors, années au cours desquelles le squelette a disparu de la chambre comme l'ostéologie de notre mémoire, sans laisser la moindre trace.

Récemment, notre maison regorgeait d'invités et je dus passer la nuit dans cette chambre d'autrefois. En ces parages qui avaient cessé de m'être familiers, le sommeil refusait de venir. Je m'agitais en tous sens et j'entendais l'horloge de l'église voisine sonnant l'une après l'autre toutes les heures de la nuit. La lumière de ma lampe vacilla quelques minutes, puis s'éteignit. Ma famille ayant perdu depuis peu quelques-uns de ses membres, l'obscurité devait naturellement m'acheminer vers la pensée de la mort. Dans le grand amphithéâtre de la nature, me disais-je, la lumière d'une lampe qui se perd dans les ténèbres éternelles ne rappelle-t-elle point la lumière de nos vies chétives qui expirent à toute heure du jour ou de la nuit ?

Par association d'idées, l'image du squelette me revint en mémoire. Tandis que j'essayais de reconstituer le corps dont il avait été revêtu, il me sembla soudain qu'un être rôdait autour de mon lit et allait à tâtons le long des murs. Je percevais son souffle saccadé. Il paraissait chercher quelque objet introuvable et marcher autour de la chambre à pas toujours plus rapides. J'étais dupe, assurément, d'une simple création de mon cerveau surexcité et privé de sommeil, et j'avais pris pour des pas précipités le battement de mes artères dans mes tempes. Et pourtant, je me sentis traversé par un frisson glacial. Pour écarter l'hallucination, je me mis à crier à haute voix : « Qui est là ? » Les pas semblèrent s'arrêter au pied du lit et une voix répondit : « C'est moi, je suis venu examiner mon squelette. »

Il eût paru absurde de faire montre de frayeur devant une simple création de mon imagination.

Je me contentai de serrer mon oreiller un peu plus étroitement et je m'écriai, d'un ton indifférent : « Drôle de besogne à cette heure de la nuit ! En quoi ce squelette peut-il donc vous intéresser ? »

La réponse parut venir de ma moustiquaire même : « Quelle question ! Les os de ce squelette ont entouré mon cœur ; ils ont vu fleurir le charme juvénile de ma vingt-sixième année ! Comment résisterais-je au désir de les revoir ?

— C'est là, dis-je à mon tour, un désir tout à fait légitime. Continuez donc vos recherches, tandis que je m'efforcerai de trouver le sommeil.

— Mais, reprit la voix, j'imagine que vous êtes seul. J'entends m'asseoir un moment et bavarder avec vous. Je me plaisais autrefois à discourir au milieu des humains, mais je n'ai pu au cours de ces trente-cinq dernières années que gémir dans le vent au-dessus des bûchers de la Mort. Il me serait agréable de m'entretenir à nouveau avec un homme, ainsi qu'au temps jadis. »

Je sentis qu'un être venait de s'asseoir auprès de mes rideaux. Il fallut me résigner, et, faisant appel à toute ma cordialité : « J'en serai enchanté, répartis-je. Cherchons ensemble quelque joyeux sujet de conversation.

— Je n'aperçois pas de sujet plus plaisant que ma propre histoire. Voulez-vous me permettre de la raconter ? »

La pendule de l'église sonnait deux heures.

« Au temps où j'étais jeune et où je demeurais au pays des vivants, un être m'inspirait autant de frayeur que la Mort elle-même : c'était mon mari. Je ne puis comparer mes sensations qu'à celles du poisson au bout de l'hameçon. On eût dit en effet qu'un étranger m'avait agrippée avec l'hameçon le plus aigu pour m'arracher à la calme béatitude de mon foyer d'enfant. Il ne fallait même pas songer à m'échapper. Mon mari mourut deux mois après notre mariage, tandis que mes parents et amis pleuraient dramatiquement sur mon sort. C'est alors que mon beau-père, après avoir minutieusement examiné ma figure, dit à ma belle-mère : "Ne voyez-vous donc pas qu'elle a le mauvais œil ?" Eh bien, vous m'écoutez ? J'espère que mon histoire vous intéresse ?

— Énormément, répliquai-je. Le début ne manque pas de fantaisie.

— Alors je continue. Je retournai pleine d'allégresse à la maison paternelle. Bien que mon entourage s'efforçât de n'en rien faire paraître, j'avais conscience de posséder une beauté aussi rare que radieuse. Qu'en pensez-vous ?

— Cela est très vraisemblable, murmurai-je. Mais n'oubliez pas que je ne vous ai jamais vue.

— Jamais ? Et que faites-vous de mon squelette ? Ha ! Ha ! n'importe. Je plaisantais. Comment vous faire admettre en effet que ces deux cavités décharnées aient pu contenir les yeux noirs les plus étincelants et les plus langoureux ? Ou que le sourire qui illuminait ces lèvres roses ne ressemblait en rien au rictus grimaçant que vous avez connu ? À l'idée d'évoquer tout le charme et toute la grâce, toute la douceur comme toute la fermeté de ces courbes qui, dans la plénitude de la jeunesse, s'épanouissaient en fleur sur ces vieux ossements desséchés, je ne puis que sourire. Et j'en souffre cependant. Les plus éminents praticiens de mon temps eussent-ils jamais supposé que les os d'un corps semblable fussent destinés à l'enseignement de l'ostéologie ? Savez-vous qu'un jeune docteur de mon entourage me compara un jour à une fleur de *champak* doré ? Il entendait par là que le reste de l'humanité lui paraissait tout au plus digne de servir de base à la physiologie, tandis que lui me considérait comme une fleur de beauté. Quelqu'un imagine-t-il le squelette d'une fleur de *champak* ?

« Quand je marchais, je sentais que mes moindres mouvements dégageaient des ondes harmonieuses qui jaillissaient de toutes parts ainsi que rayonne l'éclat du diamant. Je passais des heures entières à contempler mes mains — des mains qui auraient enchaîné avec grâce les créatures masculines les plus vivaces.

« Mais ce vieux squelette rigide vous a caché la réalité comme un faux témoignage, et il n'était pas en mon pouvoir de réfuter ses affirmations éhontées. C'est pourquoi je vous hais plus que vos semblables. Je sens que j'aimerais bannir à tout jamais le sommeil de vos yeux en évoquant l'image rose et vivante de ma beauté, de manière à balayer entièrement le misérable fatras ostéologique qui emplit votre cervelle.

— J'aurais pu, m'écriai-je, jurer par votre corps, si celui-ci n'avait cessé d'exister, que, loin d'avoir conservé le moindre vestige d'ostéologie, mon esprit se repaît maintenant de l'image radieuse d'une beauté parfaite, dont l'éclat se détache sur le fond noir de la nuit. Je ne saurais en dire davantage.

— Je n'avais point de compagnes, poursuivit la voix. Mon unique frère avait décidé de ne pas se marier. J'étais seule dans le gynécée. J'avais accoutumé de m'étendre dans le jardin, à l'ombre des arbres, je rêvais que l'univers entier m'adorait ; que les étoiles toujours en éveil s'enivraient de ma splendeur ; que la brise poussait de langoureux soupirs lorsque, sous un prétexte quelconque, elle m'effleurait de son aile ; et que si mes pas avaient foulé une prairie consciente, leur simple contact lui aurait fait perdre connaissance. Tous les jeunes gens du monde m'apparaissaient comme brins d'herbe à mes pieds. Et, je ne sais pourquoi, mon cœur demeurait triste.

« Lorsque Shekhar, l'ami de mon frère, fut sorti de l'école de médecine, il devint pour nous le médecin de famille. Je l'avais déjà aperçu à plusieurs reprises, cachée derrière un rideau. Mon frère était un homme singulier qui ne se souciait pas d'ouvrir les yeux sur le monde extérieur. Il estimait que ce monde n'était pas assez désert, et il s'en éloigna graduellement jusqu'à se retirer dans un coin obscur. Shekhar étant son unique ami, se trouvait par cela même le seul jeune homme que j'eus l'occasion de rencontrer. Et dans la cour d'adorateurs que j'imaginais lors de mes promenades nocturnes, chaque adolescent prosterné à mes pieds empruntait la figure de Shekhar. Vous m'écoutez ? Que pensez-vous de mon histoire ? »

Je répondis en soupirant : « J'eusse aimé être Shekhar !

— Attendez un peu, écoutez d'abord la fin du récit. Un jour qu'il pleuvait, j'avais la fièvre, le Docteur vint me voir. Ce fut notre première entrevue. Je reposais face à la fenêtre et les lueurs du soleil couchant tempéraient la blancheur de mon teint. Lorsque le docteur me regarda, je me mis à sa place et me regardai en imagination. Dans la lumière éclatante du soir, je vis ma figure pâle et délicate posée comme une fleur languissante sur l'oreiller doux et blanc ; mes boucles folles jouaient sur mon front, tandis que mes paupières timidement baissées répandaient une ombre expressive sur toute ma physionomie.

« Timidement et à voix basse, le Docteur demande à mon frère : "Puis-je lui tâter le pouls ?"

« Je sortis des couvertures un poignet rond et

alangui et je pensai, en le contemplant : “Que n’est-il orné d’un bracelet de saphirs[1] !” Jamais je n’avais vu tâter un pouls avec tant de gaucherie. Les doigts du Docteur tremblaient au contact de mon bras. S’il mesurait l’intensité de ma fièvre, je jaugeais les battements de son cœur. Vous me comprenez ?

— Très aisément, dis-je. Les battements de notre cœur traduisent nos pensées.

— Après diverses indispositions suivies d’autant de guérisons, je m’avisai que le nombre des adorateurs qui s’empressaient à ma Cour d’amour imaginaire allait en décroissant pour bientôt être réduit à un seul ! Et finalement, mon petit univers fut ramené à un docteur et une malade.

« À l’occasion de mes réceptions, j’avais coutume de me vêtir en secret d’un *sari* jaune serin ; je nouais autour de mes cheveux une blanche guirlande de fleurs de jasmin ; puis, un miroir à la main, j’allais retrouver ma place habituelle sous les arbres du jardin.

« Vous pensez sans doute que la contemplation de notre propre beauté doit à la longue devenir fastidieuse ? Mais il n’en était rien, car je ne me voyais pas avec mes propres yeux. J’étais à la fois une et deux personnes. Je m’examinais comme si j’étais à la place du Docteur. Je regardais, je subis-

1. Les veuves sont entièrement vêtues de blanc et ne portent aucun bijou.

sais le charme, je débordais d'amour. Mais en dépit des attentions délicates que je me prodiguais, un soupir envahissait mon cœur, gémissant comme la brise du soir.

« Dès ce moment, toutefois, je cessai de me sentir seule. Au cours de mes promenades, je suivais, en baissant les yeux, le jeu de mes orteils petits et délicats qui foulaient le sable, et je me demandais ce qu'eût ressenti le Docteur s'il eût été présent. Je me représentais le soleil de midi envahissant le ciel de son éclat, tandis que le silence n'était troublé que par le cri espacé et lointain d'un vautour. Au-delà des murs du parc, le colporteur poussait son cri harmonieux : "Anneaux à vendre ! Anneaux de cristal !" Je jetais sur la pelouse une couverture d'un blanc de neige sur laquelle je m'étendais, la tête appuyée sur un bras. Avec une insouciance étudiée, l'autre bras reposait délicatement sur l'étoffe moelleuse, et j'imaginais qu'un soupirant remarquait la pose admirable de ma main, qu'il l'étreignait dans les siennes, imprimait un baiser dans ma paume vermeille et s'éloignait lentement. Si nous arrêtions l'histoire ici ? Qu'en pensez-vous ?

— Ce serait une fin presque acceptable, répondis-je d'un air rêveur. Le tableau demeurerait assurément un peu incomplet, mais je passerais facilement le reste de la nuit à y apporter les dernières retouches.

— Oui, mais il conserverait un caractère trop sévère. Comment y introduire le rire ! Comment amener le squelette au rictus grimaçant ?

« Laissez-moi donc poursuivre. Dès que le Docteur eut acquis une petite clientèle, il prit une chambre au rez-de-chaussée de notre maison et l'aménagea en cabinet de consultation. À cette époque, je m'amusais souvent à l'interroger sur les effets des médicaments et des poisons, comme sur les doses de telle ou telle drogue susceptibles de provoquer le décès d'un homme. Le sujet convenait à sa nature et il le traitait avec éloquence. Ces entretiens eurent pour effet de me familiariser avec l'idée de la mort ; et c'est ainsi que l'amour et la mort peuplèrent bientôt seuls mon univers intérieur. Mon histoire touche maintenant à sa fin ; nous arrivons à la dernière période.

— Nous arrivons aussi, murmurai-je, à la dernière période de la nuit.

— Au bout d'un certain temps, je remarquai chez le Docteur une étrange inquiétude. Il paraissait avoir honte d'une chose qu'il s'efforçait de me dissimuler. Il vint une fois, vêtu avec une certaine élégance, emprunter pour la soirée la voiture de mon frère.

« En proie à une vive curiosité, je résolus d'interroger ce dernier. Après avoir parlé de choses et d'autres, je lui demandai finalement : “Au fait,

Dada[1], où donc va le Docteur ce soir avec ta voiture ?”

« Mon frère répondit brièvement : “À la mort.

« — Dis-moi, je t’en conjure, insistai-je, où se rend-il réellement ?

« — Il va se marier, répondit mon frère d’une manière plus explicite.

« — Oh vraiment !” m’écriai-je avec un rire bruyant et prolongé.

« J’appris bientôt que la fiancée était une riche héritière qui devait apporter au Docteur une fortune considérable. Mais pourquoi m’avait-il insultée en me cachant ses projets ? L’avais-je jamais prié, lui avais-je même demandé de ne pas se marier pour ne pas me briser le cœur ? Les hommes ne méritent aucune confiance. Je n’avais connu qu’un homme dans ma vie et un instant me suffisait pour découvrir cette vérité.

« Lorsque le Docteur revint de son travail et fut prêt à partir, je lui dis, en éclatant de rire : “Eh bien, Docteur, vous allez donc vous marier ce soir ?”

« Non seulement ma gaîté lui fit perdre contenance, mais elle l’irrita violemment.

« “Comment se fait-il, poursuivis-je, que je n’aperçoive aucun orchestre ?”

« Il répondit avec un soupir : “Le mariage est-il donc un événement si joyeux ?”

1. On appelle ainsi le frère aîné.

« Je fus reprise d'un rire inextinguible : “Non, non, lui-dis-je, c'est impossible. Peut-on concevoir un mariage sans lumière et sans musique !”

« J'importunai mon frère à tel point qu'il commanda finalement les préparatifs d'un gai mariage.

« Je ne cessai un instant de deviser joyeusement de la fiancée, des événements qui allaient se dérouler, de mon attitude en présence de la nouvelle venue. “Et vous, Docteur, demandai-je, continuerez-vous à tâter des pouls ?” Ha ! ha ! bien que le travail intérieur de l'esprit demeure invisible, surtout chez les hommes, je peux affirmer que mes paroles perçaient le cœur de mon interlocuteur ainsi que des dards acérés.

« Le mariage devait être célébré tard dans la nuit. Avant de partir, le Docteur et mon frère prirent un verre de vin sur la terrasse, suivant leur habitude journalière. La lune venait de se lever.

« Je poursuivis en souriant : “N'avez-vous pas oublié votre mariage ? Il est temps de partir.”

« Ici, je vous dois un détail. J'avais couru entre-temps jusqu'au dispensaire et j'y avais pris certaine poudre pour la verser en cachette dans le verre du Docteur.

« Le Docteur vida le verre d'un seul trait. Puis, d'une voix lourde d'émotion et accompagnée d'un regard qui me transperça jusqu'au cœur : “Je vais partir”, dit-il.

« La musique commença à jouer. Je rentrai dans ma chambre et revêtis ma robe de noces toute tissée d'argent et d'or. Je sortis de leur coffre mes bijoux et mes ornements et m'en parai. Je mis sur mes cheveux le signe rouge qui désigne l'épouse. Et sous les arbres du jardin, je préparai ma couche.

« La nuit était admirable. Le doux vent du Sud dissipait la lassitude du monde. Des senteurs de jasmin et de béla emplissaient le jardin d'allégresse.

« Le son de l'orchestre me parvenait toujours plus faible ; la lumière de la lune pâlissait insensiblement ; le monde avec l'image du foyer familial que nous portons en nous toute la vie, s'effaçait de mes perceptions comme une illusion. Alors, je fermai les yeux et je souris.

« J'imaginai que ceux qui allaient venir contempleraient mon sourire attardé sur mes lèvres comme une trace de vin rose, et que je pénétrerais lentement dans la chambre de mes noces éternelles, le visage illuminé par le même sourire.

« Hélas, pour la chambre de mes noces ! Hélas, pour ma robe tissée d'argent et d'or ! Lorsque je m'éveillai au son d'un cliquetis d'os qui semblait émaner de moi-même, je me trouvai en présence de trois enfants qui apprenaient l'ostéologie sur mon squelette. Dans cette poitrine où avaient palpité mes joies et mes peines, où les pétales de ma jeunesse s'étaient ouverts un à un, le maître indiquait de son index chacun de mes os. Et ce dernier sourire que j'avais étudié avec tant de sollicitude, en avez-vous aperçu la moindre trace ?

« Eh bien, comment trouvez-vous mon histoire ?

— Elle m'a paru fort agréable », répondis-je.

En cet instant, le premier corbeau se mit à croasser.

« Êtes-vous là ? » demandai-je.

Personne ne répondit.

La lumière du matin entra dans la chambre.

LA NUIT SUPRÊME

Nous fréquentions, Surabala et moi, la même petite école et nous nous plaisions à jouer au mariage. Lorsque j'allais la voir chez elle, sa mère me comblait de gâteries, puis, nous plaçant côte à côte, se disait à elle-même : « Quel couple ravissant ! »

J'étais encore enfant, et pourtant le sens de cette réflexion ne m'échappait pas complètement. Mon esprit acquit bientôt la conviction que je possédais sur Surabala des droits spéciaux, qui surpassaient ceux des autres humains. J'en étais arrivé ainsi, dans mon orgueil de propriétaire, à la punir ou à la tourmenter plus d'une fois ; et de son côté, elle acceptait mes brimades et subissait sans se plaindre tous les châtiments que je lui infligeais. Le village était accoutumé à louer sa beauté, mais aux yeux d'un jeune barbare comme moi, cette beauté était sans gloire. Je savais simplement que Surabala était née dans la maison de son père à seule fin de subir mon joug, et que pour cette raison, elle devait demeurer l'objet particulier de mon mépris.

Mon père était l'intendant des terres des Chaudhuris, famille de *zemindars.* Il se proposait, dès que j'aurais acquis une belle écriture, de m'instruire dans l'art de gérer les propriétés et de m'assurer quelque part la jouissance d'une charge de collecteur. Mais dans mon for intérieur, je désapprouvais ses projets. Nilratan, issu de notre collège, n'avait-il pas émigré à Calcutta où il avait appris l'anglais pour devenir enfin le Nazir[1] du magistrat de district ? C'était là mon idéal de vie. Je me promettais secrètement de devenir pour le moins le premier clerc du Tribunal, même si je ne pouvais atteindre aux fonctions de Nazir.

Je remarquais avec quel respect mon père traitait toujours les représentants de la justice. Je savais depuis l'enfance qu'il convenait de s'attirer leurs faveurs par des offrandes de poissons, de légumes ou même d'argent. Aussi mon cœur réservait-il encore une place très haute aux magistrats subalternes, voire même aux baillis. Ce sont là les dieux que l'on adore dans notre Bengale, véritable édition moderne en miniature des 330 millions de divinités du Panthéon hindou. Pour qui veut obtenir des résultats matériels, ils inspirent une confiance plus grande que le bon Ganesh, dispensateur du

1. Superintendant des baillis.

succès ; c'est pourquoi les plaideurs leur offrent aujourd'hui tout ce qui constituait autrefois l'apanage de Ganesh.

Enflammé par l'exemple de Nilratan, je saisis à mon tour une occasion favorable, et partis pour Calcutta. Je m'installai dans la maison d'un ami de village, et je reçus bientôt de mon père les fonds nécessaires à mon éducation. Je poursuivis ainsi mes études avec régularité.

Par ailleurs, je fréquentais des associations politiques et des sociétés de bienfaisance. Je considérais comme une nécessité urgente de me sacrifier pour mon pays, mais j'ignorais le moyen de réaliser un projet aussi difficile, et personne ne me guidait en la circonstance.

Cependant, mon enthousiasme ne faiblissait nullement. Nous autres campagnards, nous n'avions pas appris à railler toutes choses comme les jeunes gens précoces de Calcutta, et notre foi demeurait inébranlable. Les « leaders » de nos associations prononçaient des discours, et nous allions quêter des subsides de porte en porte aux heures chaudes de la journée, sans rompre notre jeûne ; d'autres fois, nous restions sur les bas-côtés de la route à distribuer des prospectus, ou nous disposions les chaises et les bancs de la salle de lecture ; et nous nous tenions prêts à livrer bataille à quiconque eût proféré le moindre mot contre notre « leader ». Pour toutes ces raisons, les jeunes gens de la ville se riaient de nous autres provinciaux.

J'étais venu à Calcutta avec l'intention de devenir Nazir ou tout au moins premier clerc, et j'agissais comme si je me destinais à jouer les Mazzini ou les Garibaldi.

À cette époque, le père de Surabala et le mien convinrent d'unir leurs enfants par le mariage. Lors de mon arrivée à Calcutta, j'avais quinze ans et Surabala huit. À présent, j'atteignais ma dix-huitième année et mon père estimait que j'avais presque dépassé l'âge du mariage. Mais je formais secrètement le vœu de demeurer célibataire toute la vie et de mourir pour mon pays. Je fis donc connaître à mon père que j'entendais ne point me marier avant que mon éducation fût terminée.

Deux ou trois mois plus tard, j'apprenais que Surabala ventait d'épouser un avocat du nom de Ram Lochan. Occupé à recueillir des souscriptions en faveur du relèvement de l'Inde, je considérai la nouvelle comme indigne d'attention.

J'avais conquis mes premiers grades et je préparais mon examen intermédiaire lorsque mon père mourut. Je n'étais pas seul au monde, et devais subvenir à l'existence de ma mère et de mes deux sœurs. Il me fallut donc abandonner le collège et chercher un emploi. À la suite de nombreuses démarches, j'obtins le poste de maître suppléant dans l'école d'une petite ville du district de Noakhali.

Je me félicitais d'avoir trouvé une situation aussi appropriée à mes goûts. N'allais-je point, par mes conseils et par mon inspiration, préparer chacun de mes élèves au rôle de général dans l'Inde de l'avenir ?

Je me mis au travail, et je m'avisai alors que l'imminence des examens assumait une importance plus immédiate que l'avenir de l'Inde. Le Directeur de l'école n'admettait d'autre sujet de conversation que la grammaire et l'algèbre. Et en peu de mois, mon enthousiasme faiblit également.

Je ne suis pas un génie. Dans le calme du foyer, il m'arrive d'édifier de vastes projets ; mais dès que j'aborde le domaine du travail, je subis le joug, tel le bœuf attelé à la charrue qui, tout le jour, herse la terre avec patience et la tête baissée, heureux s'il peut obtenir au coucher du soleil des aliments à ruminer. Dans cet état d'esprit, qui songerait à folâtrer ou à faire le fanfaron ?

L'un des maîtres logeait dans la maison d'école, pour surveiller les risques d'incendie. Devenu bachelier, ce soin me fut dévolu. J'habitais une cabane couverte de chaume près du vaste cottage destiné à l'école.

La maison d'école se dressait à une certaine distance de la partie inhabitée de la ville, auprès d'une grande citerne. Tout autour poussaient le bétel, le cocotier et le madar, et dans les environs immédiats, deux *nims* très anciens, qui s'étaient développés côte à côte, répandaient leur ombre fraîche.

J'ai oublié de mentionner un détail auquel je

n'attribuais d'ailleurs aucune importance jusqu'alors. L'avocat du gouvernement local, Ram Lochan Ray, demeurait non loin de l'école. Je savais aussi que sa femme Surabala, ma compagne de jeux d'autrefois, vivait avec lui.

Je fis la connaissance de Ram Lochan. Je ne puis affirmer qu'il ait été au courant des relations d'enfance que j'avais entretenues avec Surabala. Je ne crus pas devoir en faire mention lorsque je lui fus présenté. Au surplus, je ne retrouvais pas nettement l'impression que la vie de Surabala eût jamais été enchaînée à la mienne de quelque manière.

Profitant d'un jour de congé, je rendis visite à Ram Lochan. La matière de notre entretien a disparu de ma mémoire ; sans doute fut-il question de la situation misérable de l'Inde actuelle. Il ne s'agissait d'ailleurs pas d'émouvoir mon interlocuteur ni même d'éveiller en lui un intérêt intense. Le sujet était de ceux qui permettent à chacun une heure ou deux tout en fumant une houka.

Au cours de la conversation, j'entendis un tintement à peine perceptible de bracelets, le bruit d'une robe froissée, le son étouffé d'un pas ; et je ressentis nettement l'impression que deux yeux me fixaient avec curiosité de la chambre voisine à travers une baie entr'ouverte.

À l'instant même surgirent du fond de ma mémoire deux yeux — deux grands yeux tout imbibés de confiance, de candeur et de tendresse juvénile — des prunelles sombres — des cils noirs et épais — un regard calme et fixe. Et soudain, une force invisible broya mon cœur sous une étreinte de fer et le fit palpiter d'une douleur intolérable.

Je rentrai à la maison, mais la douleur ne voulait pas lâcher prise. Vainement, je m'efforçais de lire, d'écrire ou de m'adonner à quelque occupation ; je ne pouvais secouer le poids qui comprimait les fibres de mon cœur.

Le soir, je me sentis un peu plus calme et je me pris à penser : « D'où vient ma souffrance ? » Une voix intérieure murmura : « Qu'as-tu fait de ta Surabala ? » Et je répondis : « Je l'ai abandonnée par ma propre volonté. Je ne pouvais assurément supposer qu'elle m'attendrait éternellement. »

Mais la voix continua : « *En ce temps-là*, il eût suffi que tu la demandes pour l'obtenir. *Maintenant* tu as perdu le droit de jeter les yeux sur elle. La Surabala de ton enfance aura beau venir tout près de toi, tu auras beau entendre le tintement de ses bracelets ou respirer l'air embaumé par l'odeur de sa chevelure, un mur vous séparera toujours.

— Soit, répondis-je. Mais que représente Surabala pour moi ? »

Mon cœur reprit : « Aujourd'hui, elle n'est rien pour toi. Mais en ce temps-là, que n'aurait-elle pu être ? »

Vérité des vérités, *que* n'aurait-elle pu être pour moi ? Elle eût été l'objet le plus cher, elle eût été plus près de mon cœur que tout le monde extérieur, elle eût partagé toutes mes joies comme toutes mes peines ! Et la voici maintenant si lointaine, si étrangère qu'il devient interdit de la regarder, malséant de lui parler et coupable de penser à elle ! tandis qu'il a suffi que ce Ram Lochan, surgissant subitement de l'inconnu, ait marmonné quelques formules religieuses pour qu'il s'arrogeât le droit de l'arracher d'un seul coup à tout le reste de l'humanité.

Je n'entends point venir prêcher ici une nouvelle loi morale, ni bouleverser la vie sociale ; je ne me soucie pas davantage de relâcher les liens de la famille. J'exprime simplement le fruit de mes réflexions, au risque de paraître insensé. Je ne pouvais bannir l'idée que Surabala, la reine du foyer de Ram Lochan, m'appartenait pourtant bien plus qu'à lui-même. Que cette pensée fût déraisonnable et malséante, je l'admets, mais elle découlait naturellement de mon esprit.

J'en arrivai au point de ne pouvoir m'appliquer à aucun travail. À midi, à l'heure où mes élèves entonnaient une chanson, où la nature frémissait au soleil, où la douce odeur des fleurs de *nim* pénétrait dans ma chambre portée par la brise tiède, je me mettais à souhaiter... Je ne sais trop ce que je souhaitais, mais je puis affirmer avec certitude que j'entendais bien ne pas passer mon existence à corriger les exercices de grammaire des futurs espoirs de l'Inde.

Quand la classe finissait, je ne pouvais supporter la solitude de ma maison trop vaste ; et pourtant les visites que je recevais m'ennuyaient. À la tombée du soir, je m'asseyais près de la citerne ; la brise soupirait sa chanson dénuée de sens à travers les feuilles de bétel et les palmes des cocotiers. Et je songeais que la vie en société n'est qu'un tissu d'erreurs. Personne ne sait profiter de l'occasion qui lui est offerte, et lorsque celle-ci a disparu au loin, notre cœur se ronge dans une vaine attente.

J'aurais pu épouser Surabala et vivre heureux. Mais je m'étais forgé l'idée de devenir un Garibaldi — pour finir mes jours sous l'habit d'un simple maître de village ! Et l'avocat Ram Lochan Ray, que rien ne paraissait appeler à devenir l'époux de Surabala, et pour qui, avant son mariage, Surabala ne différait en rien de cent autres jeunes filles, l'a épousée tranquillement et gagne une fortune au service du Gouvernement ; si son dîner est mal cuit, il gourmande Surabala, et il lui fait don d'un bijou au gré de son humeur ! Il est luisant et gras, il s'habille correctement, il ignore tout souci ; ce n'est pas *lui* qui passerait ses nuits au bord de la citerne à contempler les étoiles et à soupirer.

Ram Lochan fut appelé momentanément hors de la ville pour plaider une cause importante. Surabala était aussi seule dans sa demeure que moi dans ma maison d'école.

C'était un lundi. Dès le matin, le ciel s'était couvert de nuages. À dix heures, une pluie fine se mit à tomber. À la vue de l'horizon, le directeur ferma l'école de bonne heure. Tout le jour, les nuages noirs parcoururent le ciel comme pour préparer un spectacle grandiose. Le lendemain, vers le début de l'après-midi, la pluie tomba à torrents, accompagnée de tonnerre. À la nuit, la fureur des éléments redoubla. D'abord, le vent souffla de l'est, puis vira graduellement vers le sud et le sud-ouest.

Il eût été vain de chercher le sommeil. Je m'avisai que par cette terrible tempête Surabala était seule dans sa maison. L'école était bâtie beaucoup plus solidement que son bungalow. Bien souvent, je m'étais proposé de l'y inviter, quitte à passer la nuit près de la citerne. Mais je n'avais pas le courage de mettre ce projet à exécution.

Lorsque sonna une heure et demie du matin, le mugissement de la marée se fit soudainement entendre. La mer nous envahissait ! Je quittai ma chambre et me précipitai vers la demeure de Surabala. Sur ma route se trouvait une des digues qui protégeaient notre citerne. Tandis que j'avançais dans cette direction, le flot atteignait déjà la hauteur de mes genoux. J'enjambai alors la digue contre laquelle une seconde vague venait de se briser. Dans sa partie la plus élevée, la construction dépassait de plus de 17 pieds le niveau de la plaine.

À peine étais-je monté qu'une autre personne

survenait en sens opposé. Toutes les fibres de mon cœur la reconnurent et mon âme tressaillit tout entière. Je ne doutais point que, de son côté, elle m'eût également reconnu.

Nous nous trouvions seuls tous les deux sur une île large de trois yards. L'eau nous environnait de toutes parts. Le cataclysme était déchaîné. Les étoiles s'effaçaient du firmament. Les lumières de la terre s'éteignaient. Nous n'aurions commis aucun mal en échangeant quelques mots *en un tel moment.* Mais nous ne pouvions nous décider à desserrer les lèvres ; aucun de nous deux ne se hasarda même à demander pour la forme des nouvelles de l'autre. Nous demeurions debout à nous fixer dans l'ombre, tandis que tournoyait à nos pieds le torrent compact, noir, sauvage et mugissant de la mort.

En cet instant, Surabala a abandonné tout l'univers pour demeurer à *mes* côtés. En cet instant, elle ne possède d'autre bien que *moi* seul. Au temps lointain de notre enfance, elle était descendue de quelque royaume sombre et mystérieux, elle avait émigré de quelque autre planète pour venir auprès de moi sur notre terre lumineuse et habitée. À cette heure, après une longue séparation, elle a quitté cette même terre si emplie de lumière et peuplée d'êtres humains pour se tenir solitaire à *mes* côtés dans la lugubre mélancolie et au milieu des dernières convulsions de la Nature qui se meurt. Le flot des naissances avait jeté à mes pieds ce tendre bourgeon, et le torrent de la mort le ramenait en pleine floraison devant *moi* et devant nul autre. Encore une vague, et nous serons balayés de notre extrême refuge, arrachés de la tige qui nous retient éloignés, et réunis dans la mort.

Puisse cette vague ne jamais s'élever ! Puisse Surabala mener une vie longue et heureuse, entourée de son mari et de ses enfants, de ses parents et de ses serviteurs. En cette seule nuit, penché au bord du gouffre de la nature, j'ai goûté aux félicités éternelles.

Le jour parut, la tempête cessa, le flot se retira. Sans avoir proféré une parole, Surabala rentra dans sa demeure tandis que silencieusement je regagnais ma cabane.

Et je pensai alors : certes, je ne suis devenu ni Nazir, ni premier clerc, ni un Garibaldi ; je reste le maître suppléant d'une misérable école. Mais une nuit, si courte fût-elle, a suffi à illuminer toute ma vie.

Cette nuit unique, dans l'ensemble des jours et des nuits qui m'ont été attribués, a été la gloire suprême de mon humble existence.

LE GARDIEN DE L'HÉRITAGE

I

Brindaban Kundu entra chez son père en proie à une violente colère et s'écria : « Je pars à l'instant même.

— Misérable ingrat ! répartit avec mépris son père Jaganath Kundu. Quand vous m'aurez remboursé tout ce que j'ai dépensé pour vous nourrir et vous habiller, vous pourrez vous permettre de prendre ces grands airs. »

Pour quiconque connaissait les habitudes ménagères de Jaganath, les dépenses de cette nature ne pouvaient guère apparaître comme bien importantes. Nos *rishis* d'autrefois s'ingéniaient à se nourrir et à s'habiller à un prix incroyablement bas. La vie de Jaganath démontrait qu'à cet égard il plaçait son idéal au même niveau que ses ancêtres. S'il n'arrivait pas à s'y conformer entièrement, il le devait en partie à l'influence pernicieuse de la société dégénérée qui l'entourait, en partie aussi à certaines exigences déraisonnables de la Nature qui prétend sauvegarder simultanément le corps et l'âme.

Aussi longtemps que Brindaban demeura célibataire, les événements se déroulèrent sans heurts. Mais, à peine marié, il commença à s'écarter de la règle de vie élevée mais désuète que chérissait son père. Il apparaissait clairement que la conception du bien-être évoluait chez le fils du spirituel vers le matériel, et se rapprochait des méthodes en usage dans ce bas monde. Il ne se souciait pas d'être exposé aux inconvénients de la chaleur ou du froid, de la soif ou de la faim. Il se fixa un minimum alimentaire et vestimentaire qu'il dépassa d'ailleurs rapidement.

Les disputes entre le père et le fils devenaient fréquentes. Un jour, la femme de Brindaban tomba sérieusement malade et dut faire appeler un *Kabiraj*[1]. Mais le médecin ayant prescrit des médicaments coûteux, Jaganath vit là une preuve d'incompétence notoire et le renvoya immédiatement. En vain, Brindaban supplia-t-il son père de laisser poursuivre le traitement ; il se fâcha sans plus de succès. Lorsque sa femme mourut, il injuria son père et le traita d'assassin.

« Sottise ! répondit Jaganath. Les gens échappent-ils à la Mort, même en avalant toutes sortes de

1. Médecin de campagne.

drogues ? Si les médicaments coûteux pouvaient nous sauver la vie, comment expliquer que les rois et les empereurs ne soient pas immortels ? Vous ne pouviez vous attendre à ce que votre femme mourût en plus grande pompe et cérémonie que votre mère et votre grand-mère. »

Brindaban aurait pu en réalité puiser dans ces mots un grand réconfort, s'il n'avait été écrasé par le chagrin et incapable de penser par lui-même. Ni sa mère ni sa grand-mère n'avaient absorbé le moindre remède avant de quitter cette terre, suivant en cela une très ancienne tradition de famille. Mais hélas, la jeune génération se refusait à mourir conformément aux vieux usages. À cette époque, les Anglais venaient d'occuper le pays. Même en ces temps reculés, les bonnes vieilles gens considéraient avec horreur l'attitude peu orthodoxe de la jeunesse et demeuraient sans mot dire, cherchant quelque consolation dans la fumée de leur *houkas*.

Quoi qu'il en soit, le moderne Brindaban dit à son vieux bonhomme de père : « Je pars à l'instant même. »

Le père acquiesça immédiatement et prit publiquement les dieux à témoin que s'il donnait jamais le moindre denier à son fils, il consentait à expier son acte au même titre que s'il eût versé le sang sacré des vaches. Et Brindaban en retour implora le ciel de le punir comme un parricide si jamais il acceptait la moindre obole de son père.

Cette petite révolution succédant à une longue période de monotonie, acquit aux yeux du village une grande importance. Et lorsque Jaganath déshérita son fils unique, chacun fit de son mieux pour réconforter ce dernier. Tous estimaient unanimement que les mœurs dégénérées de l'époque pouvaient seules expliquer une dispute entre un père et un fils à propos d'une simple belle-fille. Et ils appuyaient leur dire de cet argument vigoureux : « Lorsque vous perdez votre femme, vous pouvez la remplacer sans retard ; mais lorsque vous perdez votre père, vous ne pouvez retrouver l'équivalent de son affection et de sa fortune. » Raisonnement parfaitement logique en vérité, bien que l'on puisse soupçonner ce fils égaré de n'avoir pas attaché une importance extrême à la certitude de ne jamais rencontrer un second père. Bien plus, cette idée lui procurait même un véritable soulagement.

Le départ de Brindaban ne pesa d'ailleurs pas plus lourd dans l'esprit du père. Tout d'abord, cette absence avait pour effet de réduire les dépenses du ménage. Par ailleurs, le père se trouvait délivré d'une grande inquiétude. La peur d'être empoisonné par son fils et héritier l'avait toujours poursuivi. Lorsqu'il mangeait sa maigre pitance, il ne pouvait écarter de son esprit la crainte du poison. Cette crainte avait diminué quelque peu à la mort de la belle-fille, pour disparaître entièrement dès que le fils fut parti.

Mais le cœur du vieillard avait son point faible. Brindaban emmenait son fils Gokul Chandra, âgé de quatre ans à peine. L'entretien d'un enfant aussi jeune ne représentait qu'une faible dépense qui n'avait pu influer sur le degré d'affection de Jaganath. Au début cependant, les regrets du grand-père, encore que sincères, ne demeuraient pas sans mélange ; il calculait en effet l'économie mensuelle réalisée par l'absence de deux personnes, multipliait par douze le chiffre ainsi obtenu et recherchait à quel capital correspondait le revenu épargné annuellement.

Mais la maison vide, sans les espiègleries de Gokul Chandra, parut au vieillard de plus en plus morose. Personne ne venait plus lui jouer de tours à l'heure où il était absorbé par les rites du *puja*[1] ; personne ne venait lui ravir ses aliments et les manger ; personne ne lui dérobait son encrier au moment même où il vérifiait ses comptes. Son existence routinière, qui se déroulait maintenant sans interruption, lui devint un fardeau intolérable. Il songea qu'une paix que rien ne troublait ne pouvait être supportable que dans l'autre monde. Lorsqu'il jeta les yeux sur les trous pratiqués par son petit-fils dans son couvre-pieds, et sur les dessins à l'encre et au crayon exécutés sur sa natte par le jeune artiste, son cœur se déchira. N'avait-il pas

1. Culte accompagné d'un cérémonial particulier.

un jour adressé à l'enfant de vifs reproches pour avoir mis en pièces son *dhoti* dans le court espace de deux ans ? Maintenant, les yeux de Jaganath se remplissaient de larmes à la vue des débris malpropres qui traînaient dans la chambre. Il les rangea soigneusement et fit le serment, si jamais Gokul devait revenir, de ne jamais le réprimander même s'il détruisait un *dhoti* en l'espace d'un an.

Mais Gokul ne revenait pas et le pauvre Jaganath avançait en âge. Sa maison vide paraissait chaque jour plus vide.

Le vieillard ne put se résigner plus longtemps à rester paisiblement chez lui. Même au milieu du jour, à l'heure où les gens honorables s'adonnaient au plaisir de la sieste, on rencontrait Jaganath errant dans le village, la houka à la main. À sa vue, les garçons abandonnaient leurs jeux, et reculant en cœur jusqu'à une distance prudente, entonnaient la chanson d'un poète local dont les vers célébraient les habitudes d'avarice du vieux gentilhomme. Personne ne s'aventurait à prononcer son nom, de peur d'être privé de dîner le soir même[1], mais chacun s'ingéniait à lui donner un nom de fantaisie. Les plus âgés l'appelaient Jaganash[2], les jeunes

1. Une superstition courante au Bengale consiste à croire que celui qui prononce le nom d'un avare sera privé de repas le jour même.

2. Jaganath est le dieu des réjouissances, Jaganash signifie trouble-fête.

préféraient l'épithète Vampire, sans que l'on pût d'ailleurs deviner pourquoi. Sans doute apercevaient-ils quelque ressemblance entre le vampire et l'aspect anémique et desséché de leur victime.

II

Une après-midi, tandis que Jaganath, suivant son habitude, rôdait parmi les ruelles à l'ombre des bosquets de manguiers, il aperçut un jouvenceau, d'apparence étrangère, qui assumait le commandement des garçons du village et développait devant eux le plan de quelque nouvelle fredaine. Conquis par sa force de caractère, et par l'étonnante nouveauté de ses idées, tous lui avaient juré obéissance. Contrairement aux habitudes de ses camarades, loin de se sauver au passage du vieillard, le gamin l'approcha de tout près et se mit à secouer son propre *chadar*. Tout aussitôt un lézard vivant s'en échappa, bondit sur le corps du vieillard, lui descendit le long du dos et se sauva à travers la jungle. En proie à une vive frayeur, le pauvre homme se mit à trembler de la tête aux pieds, au grand amusement de tous les garçons qui poussaient des cris de joie. Et à peine Jaganath avait-il fait quelques pas en jurant et en les maudissant, que soudain sa *gamcha* disparut de son épaule pour reparaître presque aussitôt sur la tête du nouveau venu sous forme de turban.

L'attitude imprévue du petit homme apporta à Jaganath une sorte de soulagement. Il y avait longtemps qu'aucun enfant n'avait pris autant de libertés à son égard. Avec quelques flatteries et beaucoup de belles promesses, il finit par décider le gamin à approcher, et le dialogue suivant fut échangé :

« Quel est ton nom, mon garçon ?

— Nitai Pal.

— Où habites-tu ?

— Je ne veux pas le dire.

— Qui est ton père ?

— Je ne veux pas le dire.

— Pourquoi ne veux-tu pas ?

— Parce que je me suis enfui de la maison.

— Pourquoi t'es tu enfui ?

— Parce que mon père voulait m'envoyer à l'école. »

Il apparut clairement à Jaganath qu'il eût été extravagant autant qu'inutile d'envoyer un enfant de cette sorte à l'école ; fallait-il que son père fût assez fou et dénué de sens pratique pour ne pas s'en être aperçu ?

« Te plairait-il, continua Jaganath, de me suivre et de demeurer avec moi ?

— Pourquoi pas ? » répondit l'enfant, et incontinent, il s'installa dans la maison de Jaganath avec aussi peu d'hésitation que s'il s'était agi de l'ombre d'un arbre sur la grand-route. Bien plus, il se mit à proclamer ses goûts en matière de cuisine et d'habillement avec autant de sang-froid que s'il eût payé sa pension entièrement d'avance. Et lorsqu'une chose lui déplaisait, il n'éprouvait aucun scrupule à chercher querelle au vieillard. Jaganath avait eu facilement raison de son propre fils, mais devant l'enfant d'un autre, il dut se reconnaître vaincu.

III

Les gens du village s'étonnaient de l'emprise inattendue de Nitai Pal sur Jaganath. Ils acquirent la certitude que la fin du vieillard était proche, et s'émurent à la pensée qu'il laisserait tous ses biens à ce bambin inconnu. Dévorés de jalousie, ils cherchèrent quelque moyen de nuire au jeune garçon, mais le vieillard veillait sur lui comme sur une de ses propres côtes.

Parfois, le gamin menaçait de partir, mais le vieillard lui disait d'un air tentateur : « Je te laisserai tout ce que je possède. » En dépit de son jeune âge, le jeune protégé comprenait toute l'importance de cette promesse.

Les habitants se mirent alors à chercher quel pouvait être le père de l'enfant. Leurs cœurs compatissaient à l'angoisse des parents et ils déclaraient que le fils ne pouvait être qu'un coquin pour les faire souffrir à ce point. Ils accumulèrent les injures sur son compte, mais leur ardeur traduisait bien plutôt leur jalousie qu'un sentiment réel de la justice.

Un jour, le vieillard apprit par un voyageur qu'un certain Damodar Pal recherchait son fils perdu et qu'il allait même arriver dans le village. À cette nouvelle, Nitai fut pris d'inquiétude et se proposait déjà de fuir, laissant son héritage futur prendre soin de lui-même. Jaganath le rassura en lui disant : « Je connais une cachette où personne ne pourra te découvrir, pas même les gens du village. »

Ces mots aiguisèrent la curiosité de l'enfant : « Où est-elle ?, s'écria-t-il, montrez-la-moi.

— Si je te la montre maintenant, dit Jaganath, elle sera vite connue de tous. Attends jusqu'à la nuit. »

L'espoir de découvrir la mystérieuse cachette emplissait Nitai de délices. Il imaginait déjà son père reparti sans lui ; il jouerait à cache-cache avec ses camarades et parierait de demeurer introuvable ; et personne ne le découvrirait en effet : quelle excellente plaisanterie ! Son père lui-même fouillerait tout le village sans résultat, ce qui serait aussi d'une drôlerie inusitée !

À midi, Jaganath enferma l'enfant dans la maison et disparut un certain temps. À son retour, Nitai l'assaillit de questions. Et, dès la tombée du jour, il s'écria : « Grand-Père, est-ce le moment ?

— Il ne fait pas encore nuit », répondit Jaganath.

Quelques instants plus tard, l'enfant insista : « Il fait nuit maintenant, grand-père, allons-y.

— Les habitants ne sont pas encore couchés », murmura Jaganath.

Nitai attendit encore un peu et dit : « Ils sont couchés maintenant, grand-père, j'en suis sûr. Partons. »

La nuit avançait. Le sommeil commençait à peser lourdement sur les paupières du pauvre enfant qui devait lutter pour demeurer éveillé. À minuit, Jaganath le prit par le bras et sortit de la maison. Ils marchèrent à tâtons à travers les ruelles sombres du village endormi. Aucun bruit ne troublait le silence, si ce n'est l'aboiement occasionnel d'un chien auquel les autres chiens faisaient chorus, ou l'envol d'un oiseau de nuit effrayé par le son d'un pas humain à une heure inusitée. Nitai tremblait de frayeur et serrait le bras de Jaganath.

Ils traversèrent plusieurs champs et atteignirent enfin un bois dans lequel se dressait un temple en ruine, dépourvu de tout dieu. « Eh quoi ! c'est ici ? », s'écria Nitai d'un ton désappointé. Rien ne correspondait à ce qu'il avait imaginé. Il ne ressentait pas l'impression de mystère à laquelle il s'était attendu. Bien des fois, au cours de ses escapades, il avait passé la nuit dans des temples déserts semblables. Certes, l'endroit n'était pas mal choisi pour jouer à cache-cache, mais ses camarades pouvaient conserver quelque espoir de l'y relancer.

Jaganath pénétra dans le temple, souleva la dalle qui occupait le milieu de l'enceinte, et découvrit aux yeux étonnés de l'enfant une chambre souterraine dans laquelle brûlait une lampe. La peur et la curiosité assaillirent son jeune cœur. Jaganath descendit par une échelle suivi de Nitai.

Jetant un regard circulaire, l'enfant aperçut tout autour de lui des *ghurras*[1] de cuivre. Au centre, s'étendait un *assan*[2] devant lequel étaient disposés le vermillon, la pâte de santal, les fleurs et tous les accessoires nécessaires au *puja.* Pour satisfaire sa curiosité, l'enfant plongea la main dans quelques-unes des *ghurras* et en vida le contenu. Il ramena des roupies et des mohurs d'or.

Jaganath lui dit alors : « Je t'ai promis, Nitai, de te donner toute ma fortune. Elle n'est pas considérable. Ces *ghurras* constituent tout mon avoir. Je veux t'en transmettre la propriété aujourd'hui. »

L'enfant sauta de joie : « Vous me donnerez tout ? s'écria-t-il, vous ne conserverez même pas une roupie ?

— Si je devais conserver la moindre roupie, répondit le vieillard d'un ton solennel, que la lèpre envahisse ma main. Mais je t'impose une condition.

1. Récipients pouvant contenir environ 14 litres d'eau.
2. Tapis de prière.

Si jamais mon petit-fils Gokul Chandra, ou son fils, ou son petit-fils, ou son arrière-petit-fils, ou l'un quelconque de ses descendants, devait jamais passer par ici, tu t'engages à transmettre à celui qui se présentera la propriété de chaque roupie et de chaque mohur qui se trouvent ici.

— C'est bien, répondit l'enfant, persuadé que le vieillard radotait.

— Alors, dit Jaganath, assieds-toi sur cet assan.

— Dans quel but ?

— Pour te soumettre aux rites du puja.

— Mais pourquoi ?, reprit l'enfant déconcerté.

— Parce que telle est la règle. »

L'enfant s'accroupit sur l'assan, comme on le lui demandait. Jaganath lui enduisit le front de pâte de santal, passa du vermillon sur ses sourcils, répandit une guirlande de fleurs sur son cou et se mit à réciter des *mantras*[1].

Être assis à la manière d'un Dieu et entendre réciter des mantras, c'était assez pour que le pauvre Nitai devînt en proie à une vive inquiétude : « Grand-père », murmura-t-il.

Mais Jaganath ne répondit pas et continua à marmonner ses prières.

Puis, avec de grandes difficultés, il traîna chaque *ghurra* jusqu'à l'enfant, et lui fit répéter le serment suivant :

1. Incantations.

« Je jure solennellement de transmettre tout ce trésor à Gokul Chandra Kundu, fils de Brindaban Kundu, petit-fils de Jaganath Kundu ou au fils ou au petit-fils ou à l'arrière-petit-fils dudit Gokul Chandra Kundu, ou à tout autre de ses descendants qui pourrait être son héritier légal. »

Nitai répéta le serment plusieurs fois jusqu'à éprouver de l'engourdissement et à sentir sa langue se raidir. La cérémonie terminée, l'atmosphère du souterrain était alourdie par la fumée de la lampe qui se mêlait à l'haleine humaine. Le palais de l'enfant se desséchait tandis que ses extrémités devenaient brûlantes. Il suffoquait.

La lumière baissa graduellement, puis la lampe s'éteignit. Plongé dans l'obscurité la plus complète, Nitai entendit les pas du vieillard sur l'échelle : « Grand-père, où allez-vous ? clama-t-il, en proie à une vive détresse.

— Je pars, répondit Jaganath, mais tu resteras ici où personne ne pourra jamais te découvrir. Rappelle-toi le nom de Gokul Chandra, fils de Brindaban, et petit-fils de Jaganath. »

Ce disant, il retira l'échelle. D'une voix oppressée et angoissée, l'enfant implorait : « Laissez-moi rentrer chez mon père. »

Jaganath replaça la dalle. Puis il s'agenouilla et appuya l'oreille contre la pierre. Il entendit encore la voix de Nitai qui appelait : « Père ! » Puis il perçut le bruit d'un objet lourd renversé violemment. Et bientôt tout retomba dans le silence.

Ayant mis ainsi sa fortune entre les mains d'un yak[1], Jaganath entreprit de recouvrir la pierre avec du sable. Puis il amoncela des briques et du mortier, et garnit le sommet de touffes de gazon et d'herbes de la jungle. La nuit se dissipait sans qu'il se décidât à repartir. Il posa de nouveau l'oreille contre le sol et retint son souffle. Il lui sembla qu'un lointain gémissement remontait des entrailles profondes de la terre. Et ce son paraissait envahir à lui seul toute la voûte nocturne, tandis que, sur toute la surface de l'univers, l'humanité endormie se réveillait brusquement et tâchait d'écouter.

Le vieillard pris de délire entassait des montagnes de terre comme s'il voulait étouffer le cri qui le poursuivait. Mais il entendait toujours la voix qui appelait : « Père ! »

Il frappa le sol de toutes ses forces et s'écria : « Tais-toi, on pourrait t'entendre. » Mais le même cri parvenait inlassablement à son oreille.

Lorsque le soleil éclaira l'horizon, Jaganath quitta le temple et revint à travers les champs.

Une fois encore, il s'entendit appeler « Père ! ». Il tressaillit, se retourna et reconnut son fils qui le suivait :

1. Le Yak ou Yaksa est un être surnaturel que l'on trouve dans la mythologie et dans la poésie sanscrites. Au Bengale, Yak a pris le sens de gardien spirituel d'un trésor, à la suite de circonstances dont ce récit est inspiré.

« Père, dit Brindaban, j'ai entendu dire que mon fils se cachait dans votre maison. Rendez-le-moi. »

Les yeux dilatés et la bouche tordue, le vieillard se pencha en avant et cria : « Votre fils ?

— Oui, mon fils Gokul. On l'appelle maintenant Nitai Pal, et j'ai pris moi-même le nom de Damodar Pal. Votre réputation s'est répandue si loin dans la contrée que nous avons été obligés de cacher notre origine, de peur que les habitants refusent de prononcer notre vrai nom. »

Le vieillard éleva lentement les bras au-dessus de sa tête. Ses doigts se contractèrent convulsivement comme s'il essayait de saisir quelque objet imaginaire, et il s'écroula sur le sol.

Quand il revint à lui, il entraîna son fils jusqu'au temple en ruines, et lui demanda, dès qu'ils eurent pénétré à l'intérieur : « N'entendez-vous pas quelque son plaintif ?

— Non, répondit Brindaban.

— Écoutez attentivement. N'entendez-vous personne appeler : “Père” ?

— Non. »

Il parut grandement soulagé.

De ce jour, il se mit à aborder tous les gens du village en leur demandant invariablement : « N'entendez-vous pas quelque son plaintif ? » Et chacun riait au nez du vieux radoteur.

Près de quatre années après ces événements, Jaganath gisait sur son lit de mort. Tandis que la lumière s'effaçait lentement de ses yeux et que son souffle devenait toujours plus oppressé, il se releva soudain saisi par le délire. Ses mains battirent l'air et comme s'il cherchait quelque objet à tâtons, on l'entendit murmurer : « Nitai, qui a donc enlevé mon échelle ? »

Mais il ne put trouver d'échelle pour s'échapper de son effroyable prison privée d'air et de lumière, et il retomba sur son lit pour sombrer dans les régions où l'on n'a jamais pu découvrir personne à l'éternel jeu de cache-cache de l'univers[1].

1. Les incidents qui font l'objet de ce conte n'existent plus aujourd'hui qu'à l'état de souvenir. Mais on en trouve des exemples fréquents dans l'ancienne histoire du Bengale, bien que l'auteur se soit légèrement écarté des descriptions courantes. Ces pratiques criminelles et superstitieuses étaient employées par des avares persuadés qu'ils retrouveraient leur trésor au cours d'une existence ultérieure. « Lorsque vous me verrez passer dans une nouvelle incarnation, vous me remettrez ce trésor ; d'ici là, gardez-le sans bouger » — telle était la promesse extorquée à la victime choisie pour être « yak ». Nous avons entendu dans notre enfance l'histoire « authentique » de nombreux personnages devenus soudain riches pour avoir rencontré les gardiens spirituels d'un trésor qui leur avait appartenu dans une vie antérieure.

LA CLÉ DE L'ÉNIGME

I

Krishna Gopal Sircar, zemindar de Jhikracota, remit ses biens à son fils aîné et se retira à Kasi, ainsi qu'il convient à un bon Hindou, pour consacrer le soir de sa vie à la dévotion religieuse. Tous les pauvres et les déshérités du voisinage versèrent des larmes en le voyant partir. Tous convinrent qu'une telle piété et une telle générosité devenaient rares en ces temps dégénérés.

Son fils, Bipin Bihari, jeune adolescent élevé d'après les méthodes modernes, possédait le diplôme de bachelier ès arts. Il était orné d'une paire de lunettes, portait toute sa barbe, et se mêlait rarement à ses contemporains. Sa vie privée était sans tache. Jamais il ne fumait ni ne touchait une carte. Il demeurait inébranlable dans ses desseins en dépit de son apparence douce et flexible. Ses fermiers furent vite informés de ce trait de caractère. Contrairement à son père, en effet, il ne consentait aucune réduction sur la rente qui lui était due, et n'admettait même pas un jour de retard dans les paiements.

En assumant la gérance des propriétés, Bipin Bihari découvrit que son père avait autorisé un grand nombre de brahmanes à occuper des terres sans payer aucun fermage ou moyennant un fermage très inférieur aux prix en usage. Faible de caractère, le vieillard ne savait pas résister à certaines sollicitations importunes.

Bipin Bihari déclara que cette situation ne saurait durer.

Il ne pouvait abandonner la moitié de ses revenus. Et il raisonnait ainsi : primo : les personnages qui jouissaient actuellement d'une concession et s'engraissaient à ses dépens composaient une bande de gens misérables et entièrement indignes de sa charité. La charité ainsi comprise n'aboutissait qu'à encourager la paresse. Secundo : les conditions matérielles de l'existence étaient devenues bien plus onéreuses qu'autrefois. Les besoins croissant rapidement, il en coûtait quatre fois plus à un gentilhomme de maintenir son rang. Il ne pouvait donc consentir à distribuer des cadeaux de droite et de gauche suivant l'habitude de son père. Bien au contraire, il considérait comme un devoir strict d'en poursuivre la restitution dans la mesure du possible.

Aussi Bipin Bihari eut-il rapidement mis en pratique les préceptes dont il s'inspirait. C'était un homme aux principes stricts.

Tout ce qui avait échappé à son emprise prit bientôt le chemin du retour. Il ne respecta qu'une faible partie des largesses de son père, et il eut soin de prendre les dispositions nécessaires pour que celles-là mêmes ne fussent pas considérées comme permanentes.

La poste de Bénarès apporta à Krishna Gopal les plaintes des fermiers. Certains d'entre eux allèrent même jusqu'à se déplacer pour lui exposer leurs doléances de vive voix. Krishna Gopal écrivit à son fils pour lui marquer son mécontentement. Bipin Bihari répondit en soulignant que les temps étaient changés. Autrefois, disait-il, le zemindar trouvait quelque compensation à ses libéralités dans les présents traditionnels qu'il recevait de ses fermiers ; mais des décisions récentes ayant déclaré ces impositions illégales, le zemindar doit se contenter du revenu stipulé. « Et alors, continuait-il, si nous ne surveillons étroitement le paiement de notre dû, que nous restera-t-il ? Si les fermiers ne nous fournissent aucune prestation supplémentaire, comment pourrions-nous leur accorder des concessions ! C'est pourquoi nos relations ne sauraient revêtir qu'un caractère strictement commercial. Nous serons acculés à la ruine si nous persistons à distribuer des présents et à constituer des dotations, et nous n'éprouverons que plus de difficultés à conserver nos propriétés et à maintenir notre situation. »

Krishna Gopal se tourmenta à la pensée que les temps pouvaient avoir changé à ce point. « Hélas, songeait-il, la jeune génération en connaît sans doute plus long que moi. Nos vieilles méthodes démodées n'ont plus cours. Si j'interviens, mon fils refuserait peut-être de gérer mes biens et insisterait pour me rendre ma place. Non merci, j'aime autant m'abstenir. Je préfère consacrer au service de Dieu les derniers jours qui me restent à vivre. »

II

Les événements suivirent leur cours. Bipin Bihari mit ses affaires en ordre non sans de nombreux procès accompagnés de moyens moins légaux. La plupart des fermiers se soumirent par crainte. Un seul résista : c'était un nommé Asimuddin, fils de Mirza Bibi.

Bipin ressentit à l'égard de ce dernier un mécontentement particulièrement vif. Il comprenait que son père eût concédé à des brahmanes des domaines francs de tout fermage, mais que ce mahométan occupât des terres aussi vastes, les unes gratuitement et les autres moyennant une redevance inférieure aux prix en usage, il y avait là une énigme indéchiffrable. Qu'était cet homme au surplus ? Le fils de la veuve d'un musulman de basse condition ; et il prenait pourtant des airs importants et défiait tout l'univers, sous prétexte qu'il avait quelque peu appris à lire et à écrire à l'école du village. N'était-ce pas intolérable ?

Bipin s'enquit auprès de ses employés de l'origine des concessions attribuées à Asimuddin. Tout ce que ceux-ci purent lui apprendre, c'est que Babu Krishna Gopal lui-même en avait gratifié la famille du mahométan à une époque déjà lointaine, mais le motif de cette libéralité demeurait inconnu. Ils émirent l'hypothèse que la veuve avait gagné sans doute la compassion du bienfaisant zemindar en faisant étalage de sa douleur et de sa misère.

Pour Bipin, ces faveurs paraissaient tout à fait imméritées. Il n'avait pas connu la situation pitoyable de ces gens-là aux jours passés. Leur aisance relative et leur arrogance actuelle l'amenèrent à conclure qu'ils avaient impudemment escroqué à son père au cœur tendre une part de son revenu légal.

Asimuddin de son côté possédait une nature obstinée. Il jura de perdre la vie plutôt que de restituer un pouce de ses terres. C'est alors que s'ouvrirent les hostilités.

La pauvre vieille veuve déployait tous ses efforts pour calmer son fils. « Ce n'est pas bien de lutter contre le zemindar », lui disait-elle souvent ; « sa bonté nous a longtemps permis de vivre ; mieux vaut continuer à dépendre de lui, alors même qu'il restreindrait ses faveurs. Rendez-lui une partie des terres suivant son désir. »

« Oh, mère ! protesta Asimuddin, que connaissez-vous de ces questions, je vous prie ? »

Asimuddin perdit l'un après l'autre tous les procès qui lui furent intentés. Mais plus il perdait, plus son obstination croissait. Pour sauver son bien, il risqua tout ce qu'il possédait.

Une après-midi, Mirza Bibi cueillit quelques fruits et quelques légumes de son petit jardin et, en cachette de son fils, se ménagea une entrevue avec Bipin Babu. Elle leva sur lui des yeux empreints d'une tendresse si intense qu'elle paraissait maternelle et lui dit : « Mon fils, qu'Allah vous bénisse. Ne ruinez pas Asim, vous feriez une mauvaise action. Je le confie à vos soins. Acceptez-le comme s'il était de ceux que votre devoir vous oblige à soutenir, comme s'il était un jeune frère peu favorisé. Votre fortune est considérable ; ne le privez pas d'une faible parcelle, ô mon fils. »

L'attitude familière de la vieille bavarde irrita Bipin. « Que connaissez-vous de toutes ces matières, bonne femme ? répondit-il avec condescendance. Si vous avez des observations à m'adresser, envoyez-moi votre fils. »

Convaincue d'ignorance pour la seconde fois, Mirza Bibi dut se résigner à regagner sa demeure, en essuyant tout le long du chemin ses larmes avec son tablier et en offrant ses prières silencieuses à Allah.

III

Le fastidieux procès traîna en longueur, allant de la Cour criminelle à la Cour civile, pour être plaidé enfin devant la Haute Cour où Asimuddin obtint un succès partiel. Mais dix-huit mois de procédure l'avaient ruiné. Il était maintenant submergé de dettes. Ses créanciers saisirent l'occasion de faire exécuter les décisions rendues en leur faveur, et l'on fixa la date de la vente aux enchères des rares objets qu'il possédait encore.

C'était un lundi. Le marché du village se tenait au bord d'une petite rivière grossie par les pluies récentes. Les achats et les ventes se poursuivaient dans un va-et-vient incessant, tantôt sur la rive, tantôt sur les bateaux amarrés aux environs. On était au mois d'Asadh et le commerce des fruits du jaquier battait son plein ; mais l'on apercevait également de larges quantités de hilsas[1]. Le ciel se couvrait de nuages. Par crainte de l'averse, de nombreux marchands avaient disposé au-dessus de leurs étalages un morceau d'étoffe que retenaient des tiges de bambou fixées en terre.

1. Variété de poissons.

Asimuddin était présent, mais sans la moindre menue monnaie. Les marchands lui refusaient maintenant tout crédit. Aussi apportait-il un *thali*[1] de bronze et un *dao*[2] qu'il comptait engager pour pouvoir acheter ce dont il avait besoin.

Vers le soir, Bipin Babu, qui se promenait accompagné de deux ou trois serviteurs armés de *lathis*[3], fut attiré par le bruit et dirigea ses pas vers le marché. Là il s'arrêta un instant devant l'étalage de Dwari, le marchand d'huile, et lui demanda amicalement des nouvelles de ses affaires. Soudain, Asimuddin leva son *dao* et se précipita vers Bipin Babu en rugissant comme un tigre. Les passants s'emparèrent de lui, le désarmèrent rapidement et le firent garder par la police. Puis le mouvement des échanges reprit son cours accoutumé.

Nous ne saurions affirmer que Bipin Babu ne ressentît pas un secret plaisir de cet incident. N'est-il pas intolérable que l'animal traqué se retourne et attaque le chasseur ?

« Je le tiens enfin », se disait Bipin en riant sous cape.

Lorsque les femmes de la maison de Bipin connurent la nouvelle, elles s'écrièrent avec horreur : « Le misérable ! le ciel a permis que l'on s'emparât de lui à temps ! » Et elles trouvaient quelque conso-

1. Plat.
2. Couteau.
3. Bâtons.

lation à la pensée que l'homme subirait un châtiment amplement mérité.

Le même soir, à l'autre extrémité du village, une ombre de mort planait sur l'humble demeure de la veuve, dénuée de pain et privée de fils. D'autres pouvaient oublier les incidents de la journée à la faveur d'un bon repas et d'une bonne nuit, mais pour elle, un tel événement dépassait en importance tout ce qu'il lui était donné de concevoir en ce vaste monde. Hélas ! que pouvait-elle opposer à la destinée ? Un corps décharné et las, et un cœur de mère sans aucun appui et à demi mort de frayeur.

IV

Trois jours s'étaient écoulés. Saisie des incidents du marché, la justice allait statuer et avait fait appel au témoignage de Bipin. Jusqu'alors aucun zemindar n'avait jamais apparu dans l'enceinte réservée aux témoins, mais Bipin ne s'attachait pas à ce détail.

À l'heure fixée, Bipin Babu arriva en grande pompe au tribunal, dans son palanquin. Il était coiffé d'un turban tandis qu'une chaîne de montre pendait à sa ceinture. Le juge l'invita à s'asseoir sous le dais, tout auprès de lui. La salle était pleine à étouffer. Depuis de longues années, le public n'avait assisté à des débats aussi exceptionnels.

Quelques instants avant que l'affaire fût appelée, un *chaprassi* vint murmurer quelques mots à l'oreille de Bipin Babu. Ce dernier sortit fort agité, non sans avoir prié le juge de patienter quelques minutes. Dehors, il rencontra son vieux père qui se tenait à quelques pas sous un *banian*, les pieds nus, le corps enveloppé dans un morceau de *namabali*[1], et un chapelet à la main. La frêle silhouette du vieillard dégageait comme un doux éclat, tandis qu'une tranquille compassion semblait rayonner de son front.

Bipin, embarrassé par des pantalons ajustés et un chapkan flottant, toucha du front les pieds de son père. Dans ce geste, son turban se déplaça et lui tomba sur le nez, tandis que sa montre, s'échappant de sa poche, se balançait en l'air de droite et de gauche. Bipin redressa son turban en hâte et pria son père d'entrer dans la maison de son avocat qui était proche.

« Non merci, répondit Krishna Gopal, je vous exposerai ici ce que j'ai à vous dire. »

Entre-temps, une foule de curieux s'étaient approchés. Les serviteurs de Bipin les repoussèrent.

Alors, Krishna Gopal dit à son fils : « Vous devez faire votre possible pour qu'Asim soit acquitté, et lui restituer les biens que vous lui avez enlevés.

— Est-ce pour cela, père, répliqua Bipin, vive-

1. Vêtement sur lequel est imprimé le nom de Krishna.

ment surpris, que vous avez entrepris le voyage de Bénarès jusqu'ici ? Me direz-vous quel motif vous a poussé à faire de ces gens-là l'objet de vos faveurs spéciales ?

— Que pourriez-vous gagner à le savoir, mon fils ? »

Mais Bipin insista : « Écoutez, père, continua-t-il, j'ai annulé un grand nombre de vos libéralités parce que j'estimais que leurs destinataires ne les méritaient point. Parmi ceux-ci se trouvaient de nombreux brahmanes dont vous n'avez pas cru devoir prendre la défense. D'où vient votre ardeur en faveur de ces mahométans ? Après tout ce qui s'est passé, si j'abandonne mon procès contre Asim, et si, en outre, je lui restitue ses terres, que dirai-je au public ? »

Krishna Gopal garda momentanément le silence. Puis, de ses doigts débiles, il égrena fiévreusement son chapelet et murmura d'une voix tremblante : « S'il devient nécessaire d'expliquer votre conduite à la population, vous direz qu'Asimuddin est mon fils — et votre frère.

— Quoi ? s'écria Bipin péniblement surpris : du sein d'une musulmane ?

— Il en est ainsi », lui fut-il répondu avec colère.

Bipin demeura quelque temps dans un muet étonnement. Puis, il trouva la force de dire : « Venez chez moi, père, nous traiterons cette question plus tard.

— Non, mon fils, repartit le vieillard. J'ai abandonné le monde une fois pour toutes pour servir mon Dieu, je ne puis donc rentrer dans votre demeure. Je quitte ces lieux. Je vous laisse maintenant le soin de faire ce que vous suggérera le sentiment de votre devoir. » Il bénit alors son fils, puis, retenant ses larmes avec peine, s'éloigna d'un pas chancelant.

Bipin était abasourdi, ne sachant que dire ni que faire : « Était-ce là, se disait-il, la piété des anciennes générations ? » Il songea avec fierté combien il surpassait son père sous le rapport de l'éducation et de la moralité. « Voilà bien, continua-t-il, le résultat d'une existence qui n'a été guidée par aucun principe. »

Retournant au Tribunal, il vit Asimuddin qui attendait l'arrêt, debout entre deux gardes. Il paraissait amaigri et vieilli. Ses lèvres étaient pâles et desséchées, et ses yeux brillaient d'un éclat surnaturel. Il était revêtu d'un morceau d'étoffe sale et en lambeaux. « Lui mon frère ! » Bipin frémit à cette seule pensée.

Le Juge et Bipin étaient liés d'amitié. Asimuddin fut acquitté et rentra au bout de peu de jours en possession de ses biens. Il ne s'expliquait pas la cause de ce revirement, et les habitants du village marquaient également une vive surprise.

Cependant, la nouvelle se répandit bientôt que Krishna Gopal était arrivé juste avant la sentence. Les gens du village se mirent à échanger des œillades entendues. Les avocats, avec leur habituelle pénétration, surent discerner le nœud de l'affaire. L'un d'eux, Ram Taran Babu, était redevable à Krishna de son éducation et de ses débuts dans la vie. Pour une raison ou pour une autre, il avait toujours suspecté la sincérité de la vertu et de la piété de son bienfaiteur. Maintenant, il acquérait la conviction qu'une enquête sérieuse aurait pour résultat de démasquer tous les hommes soi-disant « pieux ». « Ils ont beau réciter leur chapelet à l'infini, pensait-il joyeusement, tous les êtres humains sont aussi mauvais que moi. La seule différence qui sépare l'homme bon de l'homme mauvais est que le premier sait dissimuler, tandis que l'autre agit ouvertement. » En découvrant que la piété si renommée de Krishna Gopal, sa bienfaisance et sa magnanimité se réduisaient à un manteau d'hypocrisie, Ram Taran Babu trouvait la solution d'un problème qui l'avait hanté depuis de longues années. Et par un enchaînement de raisons que nous ignorons, le fardeau de la reconnaissance lui parut de plus en plus léger. Ce fut pour lui un réconfort considérable.

LA SŒUR AÎNÉE

I

Ayant décrit tout au long les méfaits d'un mari méchant et tyrannique, Tara, voisine de village de la malheureuse victime, prononça sommairement son verdict : « Un mari de cette sorte mériterait qu'on lui mît le feu à la bouche. »

À ces mots, l'épouse de Joygopal Babu se sentit vivement offensée ; il ne convenait en aucune manière à la gent féminine d'appeler par ses vœux un feu plus dévorant que celui du cigare dans la bouche d'un mari.

Comme elle désapprouvait en termes mesurés le verdict de Tara au cœur dur, celle-ci reprit en redoublant de violence : « Mieux vaudrait rester veuve avec sept enfants que d'être unie à un tel homme. » Ce disant, elle mit fin à la séance et s'en fut.

Sasi se dit intérieurement : « Je ne puis concevoir quel crime un mari pourrait bien avoir commis pour justifier une telle dureté de cœur. » Même en examinant le problème sous toutes ses faces, toute la tendresse de son âme aimante se reportait vers son mari parti au loin. Elle se jetait les bras étendus sur le lit conjugal, étreignant l'oreiller solitaire, et aspirant l'odeur de la tête chérie. Puis, ayant fermé la porte, elle tirait d'un coffret de bois une photographie ancienne presque effacée et quelques lettres, et les regardait longuement. Seule dans sa chambre, elle passait ainsi l'heure silencieuse de midi à remuer de vieux souvenirs et à verser des larmes de tristesse.

L'union de Sasikala et de Joygopal n'était nullement récente. Ils avaient été mariés de bonne heure et possédaient des enfants. Leur longue camaraderie leur avait donné des jours calmes et sans heurts. Ni l'un ni l'autre n'avait présenté les symptômes d'une violente passion. Ils avaient vécu côte à côte près de seize ans sans interruption, jusqu'au moment où le mari fut soudainement appelé au-dehors par ses affaires. C'est alors qu'un violent mouvement d'amour s'éveilla dans le cœur de Sasi. L'absence resserra encore les liens de sa tendresse, et la passion dont elle avait jusqu'alors ignoré l'existence lui arrachait maintenant des sanglots de douleur.

Il arriva donc qu'à son âge, après tant d'années et alors qu'elle était mère de famille, Sasi étendue dans sa chambre solitaire par cette après-midi de printemps sur le lit qui lui rappelait l'absent, se mit à évoquer l'image si douce de son mariage dans tout l'épanouissement de sa jeunesse. L'amour qui jusqu'ici était demeuré à l'état inconscient l'éveilla soudain de son murmure musical. Elle remonta le courant aussi loin que possible et reconnut sur chaque rive des demeures resplendissantes et des bosquets ; mais elle ne découvrit nul endroit où prendre pied parmi les espoirs évanouis de bonheur. Elle se mit à songer que si son époux revenait, la vie cesserait d'être insipide et que le printemps ne refleurirait pas en vain. Combien de fois n'avait-elle pas tracassé son compagnon par de stériles disputes ou de vaines querelles ! Dans toute la sincérité de son cœur repentant, elle se promit de ne plus contrarier les désirs de son mari, de supporter son autorité et de se plier d'un cœur tendre à tout ce qu'il pourrait souhaiter de bien ou de mal ; car un mari est tout, un mari est l'objet le plus cher de l'amour, un mari est divin.

Sasikala était fille unique et adorée de ses parents. Aussi Joygopal, qui ne jouissait cependant que d'une fortune modeste, ne concevait-il aucune crainte sur l'avenir. Son beau-père possédait de quoi les entretenir royalement dans le village.

Mais, sur les vieux jours de ce dernier, un fils lui naquit mal à propos. À dire vrai, Sasikala jugeait sans indulgence cet acte imprévu, malséant et injuste de ses parents ; et Joygopal ne se montrait pas spécialement satisfait.

Les parents concentrèrent toute leur affection sur ce fils qui surgissait au déclin de leur vie, et lorsque ce beau-frère nouveau venu, chétif et endormi, vint détruire de ses petits poings frêles toutes les espérances et toutes les attentes de Joygopal, celui-ci partit pour l'Assam où il accepta un emploi dans un jardin à thé.

Ses amis l'avaient poussé à chercher une situation près de son village, mais soit qu'il demeurât sous l'empire de son ressentiment, soit qu'il eût aperçu les chances d'avancement rapide qu'offraient les jardins à thé, Joygopal se refusa à écouter personne. Il envoya sa femme et ses enfants chez son beau-père et s'en fut. C'était leur première séparation.

Cet incident aigrit Sasikala contre son jeune frère. Nous ressentons beaucoup plus vivement le chagrin que nous n'exprimons pas. Tandis que le bébé tétait et dormait à son aise, sa grande sœur se plaignait du riz qui refroidissait, déclarait que les garçons arriveraient en retard à l'école, inventait en un mot mille raisons pour se tourmenter elle-même et pour accabler les autres jour et nuit de sa mauvaise humeur.

Mais au bout de peu de temps, la mère mourut après avoir, à son lit de mort, confié à sa fille la garde de l'enfant.

Alors le bébé privé de mère conquit rapidement le cœur de sa sœur. Il se jetait sur elle en poussant de grands cris, s'efforçait avec la meilleure volonté de saisir dans ses petites lèvres la bouche, le nez ou les yeux de sa victime, lui empoignait les cheveux de ses mains menues et refusait de les lâcher. Éveillé avant le jour, il se pelotonnait contre elle et la faisait tressaillir sous la douceur de ce contact ; son habillage évoquait le murmure d'un ruisseau. Plus tard, il l'appela *jiji* et *jijima*, et soit qu'elle travaillât, soit qu'elle se reposât, il exerçait à son encontre une tyrannie ininterrompue en faisant des choses défendues, en mangeant des aliments défendus, ou en allant à des endroits défendus. Sasi ne put résister plus longtemps. Elle capitula complètement devant ce petit tyran obstiné. De ce qu'il n'avait plus de mère, l'enfant n'en acquit que plus d'emprise sur sa sœur.

II

L'enfant s'appelait Nilmani. Lorsqu'il atteignit l'âge de deux ans, son père tomba gravement malade. Joygopal fut avisé par lettre d'avoir à revenir sans tarder. Il obtint avec peine un congé et, dès son arrivée, dut assister aux derniers moments de Kaliprasanna.

Le vieillard, avant de mourir, lui confia la

garde de son fils, et laissa à sa fille le quart de ses biens.

Joygopal abandonna donc son emploi et revint chez lui pour administrer sa fortune.

Le mari et la femme si longtemps éloignés l'un de l'autre se retrouvaient enfin. Lorsqu'un objet matériel se casse, on peut en rapprocher les morceaux. Mais lorsque deux êtres humains ont été désunis par une longue séparation, ils ne se réunissent jamais au même lieu ni au même moment ; car l'esprit, essentiellement mouvant, se développe et évolue d'un instant à l'autre.

Chez Sasi, la reprise de la vie en commun suscita un état d'âme entièrement nouveau. L'attente avait effacé cette impression d'engourdissement que produit l'accoutumance au bout d'un grand nombre d'années de mariage, et il lui semblait reconquérir son mari plus étroitement qu'autrefois. Ne s'était-elle point promis que ni les circonstances ni le temps ne parviendraient à ternir l'éclat de son amour brûlant ?

Joygopal, par contre, éprouva un sentiment assez différent. Au temps où il partageait constamment l'existence de sa femme, il lui était attaché par ses intérêts et son idiosyncrasie. Celle-ci constituait à ses yeux une sorte de vérité incarnée, et le tissu de ses habitudes journalières lui aurait paru déchiré s'il avait dû se passer d'elle. Par suite, il se trouva entièrement désorienté au début de son voyage.

Mais avec le temps, les habitudes nouvelles vinrent combler la brèche ouverte.

Et son évolution ne s'arrête pas là. Autrefois, ses jours s'écoulaient dans l'indolence et l'insouciance. Mais au cours de ces deux dernières années, le désir d'améliorer sa situation l'avait puissamment aiguillonné au point d'absorber toutes ses pensées. Comparée à l'intensité de cette passion nouvelle, son existence ancienne lui apparaissait comme une ombre immatérielle. Les plus grands mouvements de l'âme proviennent chez la femme de l'amour, et chez l'homme de l'ambition.

En rentrant chez lui, après deux années d'absence, Joygopal ne retrouva pas entièrement en Sasi la femme de jadis. La présence d'un enfant en bas âge avait ajouté à la vie de celle-ci comme un nouveau domaine où il ne se reconnaissait pas et où il n'y avait aucune communion entre les époux. Sasi s'efforça fermement de partager son amour entre son enfant et son mari, mais nous n'oserions affirmer qu'elle y réussît. Elle arrivait près de Joygopal avec l'enfant dans ses bras, et le lui tendait en souriant ; mais Nilmani s'accrochait au cou de Sasi, cachait son visage sur l'épaule de sa sœur et n'admettait aucun des devoirs que la parenté entraîne. Sasi souhaitait que son jeune frère montrât à Joygopal ses talents dans l'art de séduire l'esprit d'un homme. Mais Joygopal ne prêtait guère attention à ces avances. Comment un enfant eût-il pu, dans ces conditions, faire montre d'enthousiasme ? Joygopal n'arrivait pas à comprendre en quoi cet enfant triste, à la tête épaisse et au visage grave, pouvait accaparer tant d'affection.

Les femmes saisissent très vite les voies de l'amour. Sasi s'aperçut immédiatement que Joygopal ne s'intéressait nullement à Nilmani. Aussi prit-elle l'habitude de cacher son frère de son mieux, de le tenir à l'écart du regard froid et distant de son mari. L'enfant devint ainsi le trésor auquel elle se consacrait en secret, l'objet de son affection solitaire.

Joygopal supportai difficilement que Nilmani pleurât. En pareille occasion, Sasi pressait vivement l'enfant contre son sein et mettait tout son esprit et tout son cœur à le consoler. Lorsque les pleurs venaient à troubler le sommeil de Joygopal et que celui-ci, le visage contracté et l'âme tourmentée, laissait éclater sa mauvaise humeur, Sasi se sentait humiliée et attristée comme une coupable. Elle prenait alors l'enfant dans ses bras, l'emmenait un peu plus loin, et d'une voix où elle mettait tout son amour, elle l'appelait : « Mon or, mon trésor, mon bijou », et le berçait de mots tendres jusqu'à l'endormir.

Les enfants se querellent pour un rien. Autrefois, en pareille circonstance, Sasi punissait ses propres enfants et prenait le parti de son frère parce qu'il était orphelin. Mais à présent, un nouveau juge appliquait une loi nouvelle. Nilmani subissait souvent de lourdes punitions sans les mériter et sans même que son cas fût examiné. Cette injustice pénétrait au cœur de Sasi comme un poignard. Elle emmenait alors la victime dans sa chambre, et adoucissait sa peine au moyen de jouets et de friandises, de baisers et de caresses.

Ainsi donc, plus Sasi s'attachait à Nilmani, plus Joygopal s'en éloignait. Et inversement, plus Joygopal étalait son mépris à l'égard de Nilmani, plus Sasi baignait l'enfant dans le nectar de son amour.

Et lorsque son égal Joygopal la rudoyait, Sasi lui obéissait humblement et sans mot dire, pleine d'affectueuses prévenances. Mais chaque fois que Nilmani entrait en jeu, l'enfant devenait pour les époux une cause incessante d'antagonisme.

Cette lutte silencieuse qui se terminait par de secrètes blessures les meurtrissait plus rudement qu'un combat ouvert.

III

La tête de Nilmani occupait la plus grande partie de son corps. Il semblait que le Créateur, soufflant dans un frêle roseau, eût voulu le terminer par une énorme bulle. C'est à une bulle d'ailleurs que les médecins comparaient souvent la fragilité de l'enfant dont la nature leur paraissait aussi éphémère. Pendant longtemps, il ne put ni parler ni marcher. À voir son visage triste et grave, on eût dit que les parents avaient reporté sur lui tout le poids de la mélancolie de leurs dernières années.

Grâce à la sollicitude et aux soins de sa sœur, Nilmani put traverser la période critique et atteignit sa sixième année. Au cours du mois de Kartik et le jour de la cérémonie du *Bhaiphoto*[1], comme Sasi venait de le revêtir, tel un jeune Babu, d'un vêtement, d'un *chadar* et d'un *dhoti* bordé de rouge, et avait apposé sur son front le « signe fraternel », la voisine Tara, dont il a été question au début de ce récit, survint et, pour une raison ou l'autre, lui chercha noise.

« Il est bien inutile, s'écria-t-elle, d'apposer le signe fraternel avec autant d'ostentation et de ruiner l'enfant en cachette. »

Sasi se sentit foudroyée d'étonnement, de rage et de douleur. Tara se fit alors l'écho d'une rumeur qui circulait dans le village : ne disait-on pas que Sasi et son mari, pour payer des fermages arriérés, se proposaient de mettre en vente les propriétés

1. Littéralement « le signe fraternel », cérémonie admirable et touchante au cours de laquelle, d'après les usages hindous, la sœur appose une empreinte sur le front du frère, à l'aide de pâte de santal, et récite la formule de longue vie : « Je mets une barrière devant la porte de Yama » ; à cette occasion, les sœurs s'occupent notamment de la subsistance et de l'habillement de leurs frères.

du jeune Nilmani, quitte à les faire racheter au nom d'un cousin de Joygopal ?

Sasi ne put en entendre davantage et, dans une violente imprécation, souhaita que l'auteur d'un aussi abominable mensonge fût atteint de lèpre à la langue. Puis elle alla retrouver son mari en pleurant et lui rapporta le propos. Joygopal s'écria : « On ne peut aujourd'hui placer sa confiance en personne. Upen est le fils de ma tante, et je me croyais en sûreté, en le chargeant de la gestion des propriétés. Même si j'en avais eu le moindre désir, il n'aurait certainement pas laissé hypothéquer la terre d'Hasilpur pour avoir ensuite l'occasion de racheter la propriété en secret.

— N'allez-vous pas le poursuivre ? demanda Sasi étonnée.

— Poursuivre un cousin ! répondit Joygopal. Ce serait d'ailleurs perdre du temps et de l'argent. »

Le devoir strict de Sasi lui dictait de croire à la parole de son mari, et cependant elle s'y refusait. À cette heure, son foyer heureux, son amour casanier lui paraissaient odieux. Cette vie d'intérieur qu'elle considérait autrefois comme le refuge suprême n'était qu'un piège : elle et son frère avaient toujours été les victimes d'un intérêt personnel. Elle était femme et seule, et elle ne savait comment sauver son Nilmani, privé de tout soutien. Plus elle réfléchissait, plus son cœur s'emplissait de terreur et de dégoût, tandis qu'elle se sentait pénétrée d'amour pour son jeune frère en danger. Elle songeait que, si elle en connaissait le moyen, elle irait se présenter devant le *Lat Saheb*[1], ou elle écrirait à la Maharani elle-même pour sauver l'héritage de l'enfant. La Maharani ne laisserait certainement pas vendre le taluk[2] de Hasilpur qui appartenait à Nilmani et dont le revenu annuel atteignait sept cent cinquante-huit roupies.

Tandis que Sasi songeait ainsi à en appeler à la Maharani elle-même, pour obliger le cousin de son mari à rendre des comptes, Nilmani fut pris soudain de fièvre et de convulsions.

Joygopal fit venir le médecin du village. Lorsque Sasi réclama un praticien plus habile, Joygopal répliqua : « Et pourquoi ? Matilal ne manque pas de savoir. »

Sasi tomba à ses pieds et le supplia en prenant Dieu à témoin ; sur quoi, Joygopal s'écria : « C'est bien, je ferai chercher le médecin de la ville. »

Sasi garda sur ses genoux l'enfant qui, de son côté, semblait craindre de la perdre de vue. Il s'accrochait à elle de manière qu'elle ne pût s'échapper sous aucun prétexte. Même lorsqu'il dormait, il refusait de lâcher la robe de sa sœur.

Sa journée se passa ainsi, et, à la nuit tombante, Joygopal vint annoncer que le médecin de la ville

1. Vice-roi.
2. Terre.

s'était absenté pour aller voir un malade qui habitait assez loin. Il ajouta que lui-même devait partir sans retard pour s'occuper d'un procès et que Matilal, dûment prévenu, viendrait régulièrement soigner le jeune malade.

La nuit, l'enfant délira. Dès le lever du jour, Sasi, sans la moindre hésitation, prit une barque et le conduisit directement à la maison du Docteur. Ce dernier était chez lui — et n'avait d'ailleurs jamais quitté la ville. Il trouva rapidement un logement, y installa Sasi sous la garde d'une veuve âgée, et entreprit le traitement de l'enfant.

Le lendemain, Joygopal survint. Blême de fureur, il ordonna à sa femme de réintégrer immédiatement le domicile conjugal.

« Dussiez-vous me tailler en pièces, répondit-elle, je ne reviendrai pas. Vous vous êtes tous entendus pour tuer mon Nilmani qui ne possède ni père ni mère et dont je suis le seul soutien. Mais je le sauverai.

— Alors vous demeurerez ici et ne reviendrez plus dans ma maison », s'écria Joygopal avec rage.

Une vive indignation s'empara aussitôt de Sasi : « *Votre maison ?* Vous savez bien qu'elle appartient à mon frère.

— C'est ce que nous allons voir », dit Joygopal.

Les voisins firent beaucoup de bruit autour de cet incident. « Si vous aimez les querelles de ménage, disait Tara, rentrez chez vous. Que gagnez-vous à quitter votre maison ? Après tout, Joygopal est votre mari. »

Avec l'argent qu'elle avait emporté et le produit de la vente de ses bijoux, Sasi sauva son frère des griffes de la mort. Elle apprit alors que leur grande propriété de Dwarigram où se trouvait leur maison d'habitation, et dont le revenu annuel dépassait 1 500 roupies, avait été transférée au nom de Joygopal avec le concours du Zemindar. Et maintenant, c'était lui le propriétaire et non plus le jeune Nilmani.

Lorsque l'enfant fut guéri, il s'écria d'un ton plaintif : « Rentrons, ma sœur. » Il aspirait à retrouver les neveux et nièces qui étaient ses compagnons de jeu. Il répéta donc une fois de plus : « Rentrons, ma sœur, dans notre vieille maison. » À ces mots, Sasi fondit en larmes. Où était *leur* maison ?

Mais rien ne servait de pleurer. Son frère ne possédait d'autre appui qu'elle-même. Sasi essuya ses yeux et se rendit au gynécée du juge Tarini-Babu dont elle demanda à voir la femme. Le magistrat connaissait Joygopal. Qu'une femme se permît d'abandonner le domicile conjugal et de se brouiller avec son mari pour des questions de propriétés, c'en était assez pour qu'il se montrât grandement irrité à l'égard de Sasi. Cependant, Tarini-Babu donna le change à Sasi et écrivit sans retard à Joygopal. Celui-ci embarqua de force sa femme et son beau-frère et les ramena à domicile.

Après une seconde séparation, les époux se retrouvaient encore ! Tels étaient les décrets de Prajapati[1] !

Nilmani, qui retrouvait ses vieux camarades après une longue absence, était parfaitement heureux. Devant cette joie que ne troublait aucun soupçon, Sasi sentit son cœur se briser.

IV

Pendant la saison froide, le juge partait pour le Mofussil, et installait sa tente dans le village pour chasser. Le Saheb y rencontra Nilmani. Tandis que les autres garçons se tenaient à distance, apportant une variante à la chanson de Chanakya et ajoutant le Saheb à la liste des « animaux armés de griffes, de défenses et de cornes », le grave Nilmani, avec une curiosité imperturbable, leva un regard calme sur le Saheb.

Amusé, ce dernier s'avança vers l'enfant et lui demanda en bengali : « Savez-vous lire le *pathsala* ? »

L'enfant fit un signe affirmatif.

« Quels *pustaks*[2] lisez-vous ? » reprit le Saheb.

Comme Nilmani ne comprenait pas le mot

1. Le dieu du Mariage.
2. Livres (dans la langue littéraire).

« Pustak », il se contenta de fixer le juge en silence. Nilmani raconta à sa sœur avec un grand enthousiasme son entrevue avec le juge.

À midi, Joygopal, vêtu de pantalons, d'un *chapkan*[1] et d'un *pagri*[2], s'en vint présenter ses devoirs au Saheb. Celui-ci était entouré d'une foule de solliciteurs, de *chaprasis*[3] et d'officiers de police. Craignant la chaleur, il avait installé son tribunal à l'ombre, à l'extérieur de la tente. Il fit asseoir Joygopal et s'enquit auprès de lui des affaires du village. Placé dans le fauteuil d'honneur aux yeux de la population, Joygopal se rengorgeait en souhaitant vivement qu'un Chakrabarti ou un Nandi pût le voir en cette posture.

À ce moment, une femme soigneusement voilée et accompagnée de Nilmani se dirigea tout droit vers le juge. « Saheb, s'écria-t-elle, je remets entre vos mains mon frère sans défense. Sauvez-le. » Devant ce garçon grave et à la tête forte dont il avait fait précédemment connaissance, le Saheb, pensant que la femme devait appartenir à une famille respectable, se leva et dit : « Veuillez entrer sous ma tente. »

Mais la femme répliqua : « Ce que j'ai à vous déclarer, je le dirai ici même. »

1. Long vêtement.
2. Turban.
3. Serviteurs.

En proie à une vive agitation, Joygopal pâlit. Les villageois intrigués se rapprochaient. Un intéressant spectacle paraissait s'annoncer. Mais le Saheb leva la canne et les mit en fuite.

Tenant son frère par la main, Sasi raconta depuis le début toute l'histoire de l'orphelin. Comme Joygopal tentait de l'interrompre, le juge fulmina, la figure empourprée : « *Chup rao* » et, du bout de sa canne, intima à Joygopal l'ordre de quitter son fauteuil et de se tenir debout.

Joygopal, furieux contre Sasi, se leva sans mot dire. Nilmani, blotti contre sa sœur, écoutait frappé de terreur.

Lorsque Sasi eut achevé son récit, le magistrat posa quelques questions à Joygopal, écouta ses réponses, garda le silence un long moment et s'adressant à Sasi : « Ma brave femme, dit-il, bien que cette affaire ne soit pas de ma compétence, demeurez assurée que je ferai tout le nécessaire. Retournez chez vous sans crainte avec votre frère. »

Sasi répliqua : « Saheb, tant que Nilmani ne pourra rentrer en possession de sa propre maison, je ne me hasarderai pas à suivre vos conseils. Je vous demande de garder Nilmani sous votre protection, vous seul pouvez le sauver.

— Mais qu'allez-vous faire vous-même ? questionna le Saheb.

— Je rentrerai dans la maison de mon mari. Je n'ai rien à craindre pour moi-même. »

Le Saheb sourit, et comme il n'apercevait aucune autre solution, il accepta de prendre à sa charge ce Bengali fluet, poussiéreux, grave, paisible, et bien né, dont le cou était orné d'amulettes.

Lorsque Sasi se disposa à prendre congé, l'enfant s'accrocha à sa robe. « Ne crains rien, *Baba*, viens », dit le Saheb. Et Sasi ajouta en pleurant sous son voile : « Va, mon frère, mon frère chéri, tu retrouveras ta sœur un jour. »

Ce disant, elle l'embrassa, le couvrit de caresses ; puis elle rajusta sa robe et s'en fut. Au même moment, le Saheb entoura l'enfant de son bras. Nilmani s'écria tout en pleurs : « Ma sœur, oh ma sœur ! » Sasi se retourna, étendit la main dans un geste de consolation silencieuse et s'éloigna le cœur brisé.

Pour la troisième fois, les époux étaient réunis dans la vieille maison familiale. Tels étaient les décrets de Prajapati !

Mais cette union ne devait pas durer. Au bout de peu de temps, la population apprit un matin que Sasi avait succombé au choléra dans la nuit et avait été incinérée immédiatement.

Personne ne souffla mot. Seule la voisine Tara s'apprêtait parfois à faire un éclat, mais les autres lui imposaient silence en murmurant : « Chut ! »

En partant, Sasi avait juré à son frère qu'il la retrouverait un jour. Personne n'a jamais pu savoir si elle a tenu parole.

AUX BORDS DU GANGE

Si vous aimez les récits du temps passé, asseyez-vous sur cette marche et prêtez l'oreille au clapotis de l'eau.

Nous approchions du mois d'*Ashwin* (septembre). La rivière était en pleine crue. De l'escalier qui descendait dans l'eau, quatre marches seulement émergeaient encore à la surface. La nappe liquide affleurait les bords aux endroits où la rive s'abaissait, là où les *Kachus* poussaient en touffes compactes sous les branches des bosquets de mangos. En cet endroit, le courant formait un coude et laissait à découvert trois grands tas de briques amoncelées depuis longtemps. Les bateaux de pêche, amarrés aux troncs des *bablas*, se balançaient soulevés par les flots à la pointe du jour. Les grands roseaux qui recouvraient le banc de sable captaient les premiers rayons du soleil ; ils commençaient à fleurir sans avoir atteint encore leur plein épanouissement.

Les barques gonflaient leurs voiles sur la rivière

ensoleillée. Le prêtre brahmane portant ses vases rituels se disposait à prendre son bain. Les femmes, par groupes de deux ou trois, venaient puiser de l'eau. C'était l'heure où Kusum avait coutume d'apparaître au haut des marches et de se baigner.

Mais, ce matin-là, je ne la vis point venir. Devant le *Ghat*[1], Bhuban et Swarno se lamentaient. Leur amie, disaient-elles, avait été emmenée dans la maison de son mari, dans une localité fort éloignée de la rivière et qui se distinguait par une population étrange, des maisons étranges et des routes étranges.

Entre-temps, elle disparut à peu près de ma mémoire. Une année se passa. Les femmes qui venaient au bain ne parlaient plus que rarement de Kusum. Un soir pourtant, je tressaillis en reconnaissant deux pieds familiers. Mais hélas, ils ne portaient plus d'anneaux, ils avaient perdu leur tintement musical de jadis.

Kusum était devenue veuve. On racontait que son mari avait été appelé dans une ville lointaine et qu'elle ne l'avait vu qu'une fois ou deux. La poste lui avait apporté la nouvelle du décès. Veuve à l'âge de huit ans, elle avait effacé de son front le signe rouge du mariage, elle s'était dépouillée de ses bracelets et avait regagné la vieille maison familiale au bord du Gange. Mais elle ne retrouva

1. Emplacement des bains.

que bien peu de ses compagnes d'autrefois. Bhuban, Swarno et Amala étaient mariées et parties ; seule Sarat demeurait ; encore affirmait-on qu'elle se disposait à convoler au mois de décembre.

De même que le Gange, à la saison des pluies, voit ses eaux monter graduellement et remplir ses bords, de même Kusum approchait de jour en jour de la plénitude de la beauté et de l'épanouissement. Mais ses vêtements sombres, son visage pensif, son attitude calme, jetaient un voile sur sa jeunesse et la dissimulaient comme une brume aux regards des humains. Dix ans s'étaient écoulés sans que personne eût paru remarquer que Kusum se développât.

Un matin, il y a de longues années et par cette même température de la fin de septembre, un Sanyasi grand, jeune et au teint clair, arrivant de je ne sais où, vint s'abriter dans le temple de Shiva, en face de ma demeure. Le bruit de son passage se répandit bientôt dans le village. Abandonnant leurs cruches, les femmes se pressaient dans le temple pour saluer le saint homme.

La foule croissait chaque jour. La renommée du Sanyasi s'étendit rapidement parmi la gent féminine. Tantôt il récitait le *Bhagbat*, tantôt il commentait le *Gîta*, ou prêchait dans le temple en puisant son sujet dans un livre saint. Les uns faisaient appel à ses conseils, les autres à ses sortilèges ou à sa science médicale.

Des mois passèrent. En avril, à l'époque de l'éclipse solaire, les bains du Gange attirèrent une foule considérable. Une foire fut organisée sous les *bablas*. Parmi les nombreux pèlerins accourus pour saluer le Sanyasi, on remarquait un groupe de femmes originaires du village où Kusum s'était mariée.

C'était le matin. Le Sanyasi, assis sur une de mes marches, comptait les grains de son chapelet lorsque soudain, parmi les pèlerins, une femme faisant signe à une de ses compagnes lui murmura : « Mais c'est l'époux de notre Kusum ! » La voisine, écartant légèrement son voile de deux doigts, s'écria : « Ma parole, c'est bien lui ! C'est le plus jeune fils de la famille Chattergu qui habite mon village ! » Une troisième, tout en s'attachant quelque peu à mettre son voile en valeur, dit à son tour : « Il possède exactement le même front, le même nez, les mêmes yeux. » Tandis qu'une autre, sans même jeter un regard sur le Sanyasi, agitait sa cruche dans l'eau en soupirant : « Hélas ! ce jeune homme n'est plus et ne reviendra plus. Malheur à Kusum ! »

L'une objecta alors : « Il n'avait pas la barbe aussi longue », l'autre : « il n'était pas si mince », une autre encore : « il me paraissait moins grand ». La question fut ainsi résolue pour un temps, et la discussion ne se poursuivit point.

Un soir, au moment où la pleine lune apparaissait, Kusum vint s'asseoir non loin de l'eau, sur la plus élevée de mes marches. Elle projetait son ombre sur moi.

Nous étions seuls aux abords du *ghât*. Les grillons chantaient autour de nous. Le tintement des gonds et des cloches du temple avait cessé, et la dernière onde sonore résonnait toujours plus faible pour se perdre bientôt, comme le souvenir d'un son, dans les bosquets indistincts de la rive opposée. Le sillage d'un rayon de lune brillait sur les eaux noires du Gange. En amont, sur les haies et les buissons comme sous le porche du temple, sur les parois de la citerne comme sur les bosquets de palmiers, se profilaient des ombres aux formes fantastiques. Les chauves-souris se balançaient aux branches des *chatims*. À proximité des habitations, la voix bruyante des chacals retentissait pour retomber aussitôt dans le silence.

Le Sanyasi sortit du temple à pas lents. Il descendit quelques marches du *ghât*, et aperçut une femme seule. Il se disposait à s'éloigner lorsque soudain Kusum leva la tête et se retourna. Son voile glissa et la lune vint éclairer son visage.

Un hibou s'envola au-dessus d'elle. Au cri de l'oiseau, elle tressaillit, reprit ses esprits et rajusta son voile. Puis elle se prosterna aux pieds du Sanyasi.

Le Sanyasi lui donna sa bénédiction et lui demanda : « Qui êtes-vous ? »

Elle répondit : « Mon nom est Kusum. »

Cette nuit-là, ils n'échangèrent aucune autre parole. Kusum reprit lentement le chemin de sa maison qui s'élevait dans le voisinage. Mais le Sanyasi demeura sans bouger sur mes marches pendant de longues heures. Enfin lorsque la lune émigra de l'est à l'ouest et que l'ombre du Sanyasi se projeta devant lui, il se leva et pénétra dans le temple.

De ce moment, je vis Kusum venir se prosterner chaque jour à ses pieds. Lorsqu'il expliquait les livres sacrés, elle se tenait dans un coin et l'écoutait. Lorsqu'il avait fini son office du matin, il l'appelait auprès de lui et s'entretenait avec elle de sujets religieux. Elle ne pouvait tout saisir, mais elle suivait attentivement en silence et s'efforçait de comprendre. Il la dirigeait et elle obéissait scrupuleusement. Elle aidait au service, toujours prompte dans l'adoration de Dieu, cueillant des fleurs pour le *puja* et puisant de l'eau dans le Gange pour laver le sol du temple.

L'hiver touchait à sa fin. Les vents demeuraient froids, mais parfois, vers le soir, la brise chaude du printemps s'élevait brusquement du Sud ; le ciel abandonnait son aspect hivernal ; après un long silence, on entendait à nouveau le son des flûtes et la musique du village. Les bateliers laissaient aller leurs barques au fil de l'eau, s'arrêtaient de ramer et entonnaient les chants de Krishna. C'était la belle saison.

À cette époque, je perdis Kusum de vue. Depuis quelques jours, elle avait cessé de paraître au temple, au *ghât*, ou devant le Sanyasi.

J'ignore ce qui se passa alors, mais peu après, elle et lui se rencontrèrent à nouveau un soir sur mes marches.

Les yeux baissés, Kusum demanda : « Maître, m'avez-vous appelée ?

— Oui. Pourquoi ne revenez-vous plus ? Pourquoi négligez-vous depuis quelque temps le service de vos dieux ? »

Elle garda le silence.

« Dites-moi votre pensée, sans réticence. »

Détournant le visage à demi, elle répondit : « Maître, je suis une pécheresse, et j'ai manqué à mon devoir d'adoration. »

Le Sanyasi lui dit : « Kusum, je sais que votre âme est en proie à l'inquiétude. »

Elle tressaillit légèrement, puis, s'étant couvert le visage de son sari, elle s'assit sur la marche aux pieds du Sanyasi et fondit en larmes.

Il recula un peu et reprit : « Dites-moi ce que vous avez dans le cœur, et je vous montrerai le chemin de la paix. »

Elle répondit avec l'accent d'une foi inébranlable et à mots entrecoupés : « Si vous me l'ordonnez, je parlerai. Mais je crains de ne pouvoir m'exprimer clairement. Vous, Maître, vous avez sans doute tout deviné. J'ai adoré un être humain comme un

Dieu, je l'ai vénéré, et dans l'accomplissement de ce culte, mon cœur débordait de félicité. Mais une nuit, je rêvai que le Seigneur de mon âme était assis dans le jardin, étreignait ma main droite dans sa main gauche et murmurait à mon oreille des mots d'amour. La scène ne me paraissait nullement étrange. Le rêve s'évanouit, mais son emprise demeura. Le lendemain, lorsque mes yeux se levèrent sur lui, il m'apparut sous un jour autre que jadis. L'image forgée en rêve continuait à me poursuivre. Effrayée, je tentai de m'enfuir au loin, mais l'image ne se détachait point de moi. Depuis lors, mon âme n'a connu aucune paix, et tout en moi est devenu sombre ! »

Tandis qu'elle essuyait ses pleurs tout en parlant, je m'aperçus que le Sanyasi martelait convulsivement de son pied droit la marche de pierre.

Le récit terminé, le Sanyasi lui demanda :

« Dites-moi qui vous aviez vu en rêve. »

Les mains jointes, elle supplia : « Je ne puis. »

Il insista : « Vous devez tout me dire. »

Elle se tordit les mains et interrogea : « Vous le voulez ? »

Il répondit : « C'est votre devoir. »

Alors, elle s'écria : « Maître, c'était vous ! », et s'écroulant sur la pierre, elle sanglota.

Lorsqu'elle revint à elle et put s'asseoir, le Sanyasi dit d'une voix douce : « Je quitterai ces lieux cette nuit et vous ne me reverrez plus. Sachez que je suis un Sanyasi et que je n'appartiens pas à ce monde. *Vous* devez m'oublier. »

Kusum répondit à voix basse : « Il en sera ainsi, Maître. »

Le Sanyasi ajouta : « Je vous fais mes adieux. »

Sans mot dire, Kusum s'inclina, essuya la poussière des pieds du Sanyasi et s'en couvrit la tête.

Et le saint homme quitta le village.

La lune se levait ; la nuit devenait sombre. J'entendis l'eau clapoter. Le vent soufflait furieusement dans les ténèbres comme s'il voulait chasser toutes les étoiles du ciel.

COLLECTION FOLIO 2 €

Dernières parutions

5836. Baltasar Gracian	*L'Art de vivre avec élégance. Cent maximes de* L'Homme de cour
5837. Montesquieu	*Plaisirs et bonheur* et autres *Pensées*
5838. Ihara Saikaku	*Histoire du tonnelier tombé amoureux* suivi d'*Histoire de Gengobei*
5839. Tang Zhen	*Des moyens de la sagesse* et autres textes
5856. Collectif	*C'est la fête ! La littérature en fêtes*
5896. Collectif	*Transports amoureux. Nouvelles ferroviaires*
5897. Alain Damasio	*So phare away* et autres nouvelles
5898. Marc Dugain	*Les vitamines du soleil*
5899. Louis Charles Fougeret de Monbron	*Margot la ravaudeuse*
5900. Henry James	*Le fantôme locataire* précédé d'*Histoire singulière de quelques vieux habits*
5901. François Poullain de La Barre	*De l'égalité des deux sexes*
5902. Junichirô Tanizaki	*Le pied de Fumiko* précédé de *La complainte de la sirène*
5903. Ferdinand von Schirach	*Le hérisson* et autres nouvelles
5904. Oscar Wilde	*Le millionnaire modèle* et autres contes
5905. Stefan Zweig	*Découverte inopinée d'un vrai métier* suivi de *La vieille dette*
5935. Chimamanda Ngozi Adichie	*Nous sommes tous des féministes* suivi des *Marieuses*
5973. Collectif	*Pourquoi l'eau de mer est salée* et autres contes de Corée
5974. Honoré de Balzac	*Voyage de Paris à Java* suivi d'*Un drame au bord de la mer*

5975. Collectif — *Des mots et des lettres. Énigmes et jeux littéraires*

5976. Joseph Kessel — *Le paradis du Kilimandjaro* et autres reportages

5977. Jack London — *Une odyssée du Grand Nord* précédé du *Silence blanc*

5992. Pef — *Petit éloge de la lecture*

5994. Thierry Bourcy — *Petit éloge du petit déjeuner*

5995. Italo Calvino — *L'oncle aquatique* et autres récits cosmicomics

5996. Gérard de Nerval — *Le harem* suivi d'*Histoire du calife Hakem*

5997. Georges Simenon — *L'Étoile du Nord* et autres enquêtes de Maigret

5998. William Styron — *Marriott le marine*

5999. Anton Tchékhov — *Les groseilliers* et autres nouvelles

6001. P'ou Song-ling — *La femme à la veste verte. Contes extraordinaires du Pavillon du Loisir*

6002. H. G. Wells — *Le cambriolage d'Hammerpond Park* et autres nouvelles extravagantes

6042. Collectif — *Joyeux Noël ! Histoires à lire au pied du sapin*

6083. Anonyme — *Saga de Hávardr de l'Ísafjördr. Saga islandaise*

6084. René Barjavel — *Les enfants de l'ombre* et autres nouvelles

6085. Tonino Benacquista — *L'aboyeur* précédé de *L'origine des fonds*

6086. Karen Blixen — *Histoire du petit mousse* et autres contes d'hiver

6087. Truman Capote — *La guitare de diamants* et autres nouvelles

6088. Collectif — *L'art d'aimer. Les plus belles nuits d'amour de la littérature*

6089. Jean-Philippe Jaworski — *Comment Blandin fut perdu* précédé de *Montefellóne. Deux récits du Vieux Royaume*

6090. D.A.F. de Sade — *L'Heureuse Feinte* et autres contes étranges

6091. Voltaire — *Le taureau blanc* et autres contes

6111. Mary Wollstonecraft — *Défense des droits des femmes* (extraits)

6159. Collectif — *Les mots pour le lire. Jeux littéraires*

6160. Théophile Gautier — *La Mille et Deuxième Nuit* et autres contes

6161. Roald Dahl — *À moi la vengeance S.A.R.L.* suivi de *Madame Bixby et le manteau du Colonel*

6162. Scholastique Mukasonga — *La vache du roi Musinga* et autres nouvelles rwandaises

6163. Mark Twain — *À quoi rêvent les garçons. Un apprenti pilote sur le Mississippi*

6178. Oscar Wilde — *Le Pêcheur et son Âme* et autres contes

6179. Nathacha Appanah — *Petit éloge des fantômes*

6180. Arthur Conan Doyle — *La maison vide* précédé du *Dernier problème. Deux aventures de Sherlock Holmes*

6181. Sylvain Tesson — *Le téléphérique* et autres nouvelles

6182. Léon Tolstoï — *Le cheval* suivi d'*Albert*

6183. Voisenon — *Le sultan Misapouf et la princesse Grisemine*

6184. Stefan Zweig — *Était-ce lui ?* précédé d'*Un homme qu'on n'oublie pas*

6210. Collectif — *Paris sera toujours une fête. Les plus grands auteurs célèbrent notre capitale*

6211. André Malraux — *Malraux face aux jeunes. Mai 68, avant, après. Entretiens inédits*

6241. Anton Tchékhov — *Les méfaits du tabac* et autres pièces en un acte

6242. Marcel Proust — *Journées de lecture*

6243. Franz Kafka — *Le Verdict – À la colonie pénitentiaire*

6245. Joseph Conrad — *L'associé*

6246. Jules Barbey d'Aurevilly — *La Vengeance d'une femme* précédé du *Dessous de cartes d'une partie de whist*

Composition Nord Compo
Impression Novoprint
à Barcelone, le 21 février 2017
Dépôt légal : février 2017
1er dépôt légal dans la collection : janvier 2010

ISBN 978-2-07-040604-3./Imprimé en Espagne.

316293